http://www.bbulmedia.com

歸還糖龍

귀환 당룡

귀환당룡

1판 1쇄 찍음 2014년 3월 31일
1판 1쇄 펴냄 2014년 4월 4일

지은이 | 서유락
펴낸이 | 정 필
펴낸곳 | 도서출판 **뿔미디어**

편집장 | 이재권
기획 · 편집 | 윤영상

출판등록 | 2002년 9월 11일 (제1081-1-132호)
주소 | 경기도 부천시 원미구 상동로 117번길 49(상동) 503호 (우)420-861
전화 | 032)651-6513 / 팩스 032)651-6094
E-mail | bbulmedia@hanmail.net
홈페이지 | http://bbulmedia.com

값 8,000원

ISBN 979-11-7003-298-4 04810
ISBN 979-11-7003-297-7 04810 (세트)

歸還糖龍

1

귀환 당룡

서유락 신무협 장편 소설

목 차

서장   7

1장. 무림맹 영재발굴대회   13

2장. 눈빛이 달랐다니까요   37

3장. 청해삼절   67

4장. 잠력격발술   105

5장. 기련사괴   143

6장. 환영받지 못 한 귀환   183

7장. 또 만났네   221

8장. 용봉단   253

9장. 집이 망했거든요   279

서장

내 나이 하나, 유모의 젖을 떼다.

내 나이 둘, 정확히 구백구십아홉 번을 넘어진 후 걸음마를 시작하다.

내 나이 셋, 글을 깨우치고 이름 석 자를 적다. 서씨 가문에 드디어 신동이 태어났다며 엄마가 동네 잔치를 열었다.

내 나이 다섯, 신비의 음식인 당과를 접하다.

내 나이 여섯, 비만아의 표상이라는 주변 사람들의 비아냥거림과 함께 엄마의 관심에서 멀어지다.

내 나이 일곱, 엄마의 관심이 멀어지기는 했지만 당과와 함께 하는 세상. 아쉬울 것도, 부러울 것도 없었다.

내 나이 여덟, 평온하던 일상이 송두리째 날아가 버렸다. 저잣거리에 붙은 벽보 한 장으로 인해서.

"넌 영재야!"

"정말?"

"그럼! 넌 다른 애들이 유모 젖이나 빨고 있을 때, 바닥에 떨어진 밥풀을 주워서 오물오물 씹었다니까."

유모는 젖이 부족했다.

그래서 늘 배가 고팠다.

게다가 맛도 더럽게 없었다.

비릿한 젖을 계속 먹다가는 죽을 것 같았다.

그래서 살아남기 위해서 바닥에 떨어져 있던 것을 주워 먹었는데 그게 밥풀이었을 뿐이다.

"그뿐인 줄 아니? 다른 아이들은 최소한 이천 번은 넘어지고 나서야 걸음마를 시작하는데 넌 몇 번 넘어지지도 않고 걸음마를 시작했지."

넘어지면 아팠다.

넘어질 때마다 다시 일어나는 것도 귀찮았고.

그래서 두 다리로 걸을 힘이 생길 때까지 걸음마를 하기 위한 시도조차 하지 않았던 것뿐이었다.

"그리고 결정적으로…… 넌 다른 애들하고는 아예 눈빛부터가 달랐어. 집중력이 놀라웠다니까."

집중력이 놀라웠다라.

딱히 뭘 보고 있었던 것이 아니었다.

그냥 눈 돌리는 것도 귀찮아서 가만히 한곳만 바라보고 있었던 것뿐이었는데.

"엄마가 장담하는데 넌 영재야."

"진짜 내가 영재야?"

"그럼. 그것도 그냥 영재가 아니라 기재야, 기재."

철석같은 믿음을 가진 채 엄마가 계속 강조하는 말을 듣다보니 어쩌면 내가 진짜 기재일지도 모른다는 생각이 들었다.

혹시 난…… 진짜 기재가 아닐까?

1장
무림맹 영재발굴대회

'아, 시끄러.'

밖이 소란스러웠다.

두 눈을 감고 어떻게든 버텨 보려고 노력했는데.

결국 더 견디지 못 하고 침상에서 몸을 일으켰다.

자꾸 감기려는 눈을 억지로 뜨고 창을 바라보자, 어스름한 빛이 새어 들고 있는 것이 보였다.

"불쌍한 내 인생."

다시 눈을 감은 채 이불을 돌돌 말고서 잠을 청하고 싶었다.

하지만 그건 욕심이다.

진짜로 그랬다가는 멍석말이를 당할지도 모르니까.

'가출할까?'

불쑥 가출에 대한 욕구가 치밀었다.

계속 이렇게 살다가는 정말 죽을 것 같았다.

이불을 걷어 젖히고 두 다리를 바라보았다.

살짝 건드리기만 해도 툭 터질 것처럼 살이 통통하게 올라 있는 다리는 굵은데다가 짧기도 했다.

이 짧은 다리로 아무리 뛰어 봐야 얼마 가지 못해 잡힐 거라는 생각이 들어서 난 깔끔하게 가출을 포기했다.

대신 내 단잠을 깨우는 원인이 되었던 어머니와 아버지가 나누는 대화를 자세히 듣기 위해 귀를 기울였다.

"적당히 좀 하시오."

"그게 무슨 소리예요?"

"이러다간 아주 애를 잡겠소."

"난 당신이 대체 무슨 소리를 하는지 모르겠네요."

"정말 내가 무슨 소릴 하는지 모른단 말이오?"

"그래요."

"그럼 귀를 잘 씻고 지금부터 내가 하는 말을 잘 들으시오. 애를 잡아도 적당히 잡아야 할 것 아니오? 진풍이가 이미 충분히 통통하니 먹이는 거야 좀 덜 먹인다고 해도, 잠은 충분히 재워야 할 것 아니오?"

"충분히 재우고 있잖아요. 모르는 사람이 들으면 정말 내가 우리 진풍이의 잠도 안 재우는 줄 알겠네요."

"고작 두 시진이 충분한 거요? 이제 겨우 여덟 살밖에 안 된 애가 하루에 두 시진만 자고 어찌 버틴단 말이오?"

옳소.

아버지의 말이 무조건 옳소.

반쯤 잠에 취해 헤롱거리면서도 나는 주먹을 불끈 쥐고 아버지를 응원했다.

하지만 별 기대는 하지 않았다.

내 나이 벌써 여덟.

나름 굴곡 많은 인생을 살아오면서 세상에는 불변의 진리라는 것들이 존재한다는 사실을 깨달았다.

예를 들어서 해는 동쪽에서 떠서 서쪽으로 진다는 것 같은.

그리고 내가 깨달은 불변의 진리들 가운데 또 다른 하나는 아버지는 절대 어머니를 이기지 못 한다는 것이다.

"흥, 모르는 소리 말아요."

어머니의 목소리가 뾰족해지기 시작했다.

그리고 나는 알고 있다.

저 말이 어머니가 아버지와 대화를 나누다가 기선을 제압할 때 사용하는 말이라는 것을.

"대체 내가 뭘 모른단 말이오?"

"모르면 그냥 잠자코 있어요. 하루에 두 시진도 너무 많이 재우는 거예요. 내가 이리저리 알아보니까 남궁세가나 황보세가 같은 명문세가에서는 아예 아이들의 잠을 재우지도 않는데요."

"대체 누가 그런 말을 했소?"

"누구라면 당신이 알아요?"

물론 아버지는 알 리가 없다.

세상 돌아가는 일에는 지독히 무관심한 아버지는 백화장을 운영하는 것 외에는 전혀 관심이 없으니까.

어머니가 비밀리에 정보를 얻는 소식통.

아, 그래 봤자 대단한 것은 아니다.

이 동네에서 조금 잘산다고 알려진 아줌마들 몇몇이 모여서 조직한 강남회라는 이름도 촌스러운 계모임에서 수다를 떨면서 얻는 정보가 전부이니까.

어쨌든 아버지가 밀리기 시작하는 것은 여기서부터다.

"큼, 큼. 누구한테 들었는지는 몰라도 그게 말이 되는 소리라고 생각하오? 애들이 잠을 안 자고 어떻게 버틴단 말이오?"

"왜 못 버텨요?"

"……?"

"그 좋다는 영약을 매 끼니마다 먹이고, 피로가 싸악 풀리는 내공 심법으로 운기 조식을 하면 잠을 안 자도 충분히 버텨요."

"그야……."

"공청석유나 만년하수오, 아니, 하다못해 싸구려라고 소문난 천년설삼이라도 먹여야 하는데. 우리 형편이 이 모양이 꼴이라 몸에 좋다는 영약도 못 사 먹이고, 그럴듯한 내공 심법 하나 없어서 우리 진풍이를 두 시진이나 재우는 거예요. 결국 이게 다 당신이 무능해서 그런 거잖아요."

"아니, 불똥이 왜 갑자기 나한테 튀는 거요? 그리고 천년설삼이 싸구려라니, 나도 없어서 못 먹어 본 것을."

"시끄러워요! 만년설삼에 비하면 싸구려잖아요."

어머니의 언성이 높아졌다.

이제 싸움의 승패는 확실히 기울어졌다.

아버지는 방금 급소를 얻어맞았다.

그것도 다시 일어나기 어려울 정도로 강력하게.

"무능해서 미안하오."

"됐어요. 내가 당신이 무능한지 모르고 혼인한 것도 아니니까. 그래도 우리 애들은 우리보다 훨씬 나아져야 하지 않겠어요?"

"그 말은 맞소."

"그러니까 당신은 잠자코 내가 하는 것을 지켜봐요. 우리 진풍이는 무공에 재능이 있다니까요."

"진풍이가 정말 무공에 재능이 있소?"

"그렇다니까요."

"난 잘 모르겠던데……."

"당신 정말 계속 이럴 거예요?"

아버지가 머리를 긁적이며 꺼낸 이야기를 듣던 어머니의 목소리가 다시 뾰족해졌다.

비록 문밖에서 이어지고 있는 대화라 그 광경이 보이진 않았지만, 지금쯤 흠칫 하며 눈을 바닥으로 깔고 있을 아버지의 모습은 충분히 상상이 갔다.

"당신, 기억 안 나요?"

"뭘 말이오?"

"진풍이가 돌잔치 때 뭘 잡았는지?"

"뭘 잡았더라……."

가뜩이나 기억력이 좋지 않은 아버지가 이미 칠 년이나 지난 일을 기억해 내는 것은 거의 불가능한 일이었다.

지금쯤 머리를 양손으로 감싼 채 고민하는 아버지의 모습이 눈에 선했다.

그리고 아버지는 한참 만에 용케 당시의 일을 기억해 냈다.

"그렇지! 기억났소."

"그래요?"

"내 다른 것은 몰라도 그건 틀림없이 기억하고 있소. 녀석이 날 닮아서 풍류를 아는지 옥소를 잡았지 않소?"

"당신 대체 무슨 헛소릴 하는 거예요? 그날 진풍이가 잡은 것은 나무를 깎아서 만든 목검이었잖아요."

"아, 진풍이가 왼손으로 목검을 잡기는 했었지. 하지만 그건 당신이 억지로 손에 쥐어 줬던 기억이 어렴풋이 나는데……."

"자꾸 헛소리하지 말아요."

"분명히 그랬던 것 같은데……."

"흥, 그날 그 목검을 움켜쥐고서 사방팔방으로 휘두르던 당시의 진풍이는 눈빛부터 특별했어요."

"그랬었나?"

고개를 갸웃거리던 아버지는 자신의 의견을 솔직히 개진했다.

"내가 보기에는 다른 아이들과 마찬가지로 특별한 것이 없던데…… 내 이제야 말하는 거지만 당시 진풍이의 눈빛이 좀 흐리멍텅하고, 초점도 없는 것 같아서 혹시 어디 문제가 있는 건 아닐까 하는 걱정까지 들었었소."

"흐리멍텅하다니요. 당신 진짜 진풍이 아버지가 맞아요? 그건 또래의 다른 아이들과 달리 집중력이 뛰어난 거였어요!"

"집중력이 뛰어난 게 아니라 멍했다니까."

"당신 자꾸 헛소리 할 거예요?"

"후우, 그냥 그렇다 칩시다."

아버지의 깊은 한숨 소리가 문을 뚫고서 방 안까지 새어 들어왔다.

"두고 보세요. 진풍이가 우리 백화장을 일으켜 세울 거예요."

"그러면 오죽 좋겠소?"

"뭐요?"

"아무것도 아니오. 내 더 무슨 말을 하겠소?"

"그럼 아무 말도 말아요."

"내 당신만 믿겠소."

"진즉 그럴 것이지."

역시 예상대로였다.

아버지의 완패였다.

이불을 돌돌 말고 침상 위에 앉은 채로 아버지의 패인에 대해 분석하려는 순간, 벌컥 소리가 나며 문이 열렸다.

그리고 그 문틈으로 아버지와의 싸움에서 완승을 거두고 한껏 기세가 오른 어머니가 들어왔다.

"지금 날이 밝으려고 하는데 아직도 이렇게 꾸물거리고 있으면 어떻게 해! 넌 대체 커서 뭐가 되려고 이러니?"

물론 나도 꿈은 있다.

지금 방 안으로 들어서는 어머니의 눈빛이나 기세가 심상치 않았지만, 그래도 내 꿈을 솔직히 말하기로 했다.

"한량이요."

물론 내 꿈이 처음부터 한량은 아니었다.

불과 일 년 전까지만 해도 꿈이 없었다.

그런데 갑자기 어머니의 분노를 일으키기에 차고 넘치는 한량이라는 꿈을 가지게 된 데는 네 살 터울인 형의 영향이 컸다.

내 기억 속에 남아 있는 형은 늘 바빴다.

잠시도 가만히 앉아서 편이 쉰 적이 없었다.

작렬하는 뙤약볕 아래에서 자기 키보다 더 긴 목검을 들고서 허공에 휘두르거나, 발목에 쇳덩이를 매달고서 계속 연무장을 뛰어다녔다.

그도 아니면 뒷간에서 큰일을 볼 때와 비슷한 요상한 자세로 서 있거나.

"형은 꿈이 뭐야?"

여느 때와 다름없이 땀을 뻘뻘 흘리며 요상한 자세로 서 있던 형을 안쓰러운 눈초리로 바라보며 묻자, 형은 두 눈을 빛냈다.

"내 꿈은…… 한량이야."

늘 푸석푸석한 얼굴.

그리고 눈 밑이 검게 변한 채 병든 닭처럼 비실거리던 형은 마치 연인에게 고백이라도 하듯 쑥스러운 얼굴로 자신의 꿈을 밝혔다.

그때까지만 해도 난 한량이라는 단어의 의미조차도 몰랐다.

"한량이 뭔데?"

"한량이란 말이지…… 어느 누구의 강요도 받지 않고, 자기가 하고 싶은 것만 하면서 사는 사람이야."

그날, 한량이란 단어에 대해서 내게 설명해 주던 형의 눈빛은 간절했다.

그리고 가질 수 없는 무언가에 대한 동경과 갈망으로 가득 차 있었다.

"좋은 건가 보네."

"좋은 거야."

나는 형을 잘 따랐다.

물론 형의 말은 무조건 믿었고.

그래서 한량을 무척 훌륭한 사람이라 생각했다.

하지만 그때까지만 해도 한량은 내 꿈이 아니었다.

그리고 형이 왜 그렇게 한량에 대한 동경을 가지고 있었는지에 대해서 어느 정도 짐작은 갔지만, 제대로 실감하지는 못 했다.

원래 모든 세상사가 그런 법이었다.

당사자가 되어서 직접 그 고통을 경험하지 못한 경우에는, 다른 사람의 아픔에 공감하기 어려우니까.

그러나 상황이 변한 것은 한순간이었다.

어머니를 졸라서 억지로 장에 갔던 것이 화근이었다.

그날, 나는 장에 가지 말았어야 했다.

달달한 당과의 유혹에 넘어가지 말았어야 했다.

입안에서 살살 녹던 달콤하던 당과가 내 인생을 지독히 쓰디쓰게 만들 줄 당시만 해도 누가 알았을까.

어머니는 시장에서 당과를 사 주셨다.

볼이 터질 정도로 당과를 입속에 가득 집어넣고 쪽쪽 빨아 먹느라 기분이 한창 좋았다.

더구나 시장에 나온 김에 새 옷과 신발도 사 주겠다는 어머니의 약속 덕분에 기분이 하늘을 찌를 때였다.

〈제 一회 무림맹 영재 발굴 대회.〉

벽에 붙어 있던 한 장의 종이가 내 눈에 띄었다.

특별할 것 없는 평범한 벽보.

그런데 이상하게 자꾸 시선이 갔다.

그리고 심장이 두근두근 뛰기 시작했다.

뭔가 안 좋은 일이 생길 것 같은 본능적인 불안감을 느낀 나는 어머니의 손을 이끌며 서둘러 그곳을 벗어나려 했다.

하지만 어머니의 손에 실린 힘을 감당하기는 역부족이었다.

구름처럼 몰려 있는 사람들을 무서운 기세로 헤치고 벽보 앞에 선 어머니가 집중력을 발휘하기 시작했다.

영문도 모른 채 당할 수는 없는 노릇.

그래서 나도 벽보로 시선을 던졌다.

형이 졸린 눈을 부릅뜨고 공부할 때 등 뒤에서 슬쩍 눈동냥을 했기에 그 벽보에 적힌 글을 대충 읽을 수는 있었다.

무림맹주라는 글자 옆에 주먹만 한 커다란 도장이 찍혀 있고, 그 외에도 여러 가지 이야기들이 적혀 있었다.

사마의 무리가 어쩌고저쩌고…….

무림맹이 주최하는 만큼 최고의 권위를 자랑하고 어쩌고 저쩌고…….

물론 나는 이내 흥미를 잃었다.

사마의 무리도, 무림맹도 내겐 너무 어려운 단어였으니까.

하지만 어머니는 달랐다.

그리고 우승을 차지한 영재에게는 엄청난 부상이 주어진다는 부분을 살피던 어머니는 놀라운 집중력을 발휘하기 시작했다.

나는 그날 처음 알았다.

사람 눈에서 불이 뿜어져 나올 수도 있다는 사실을.

"……나 집에 가고 싶어."

갑자기 무서워졌다.

그래서 어머니를 졸랐지만 가볍게 무시당했다.

그리고 벽보의 마지막 부분에 적혀 있던 마지막 문구.

칠 세 이하 어린 영재들만이 참여할 수 있다는 부분을 읽고, 난 어머니는 내 손이 으스러질 정도로 힘주어 움켜쥐었다.

"아픈데."

따가운 시선이 느껴졌다.

그 시선이 느껴지는 방향으로 고개를 돌리자 어머니가 한쪽 입꼬리를 말아 올린 채 웃고 계셨다.

어머니와 시선이 부딪힌 순간, 한기가 느껴졌다.

그리고 갑자기 소름이 끼쳐서 잡고 있던 어머니의 손을 놓으려 했지만, 어머니는 이미 알고 있었다는 듯 더욱 힘주어 손을 잡았다.

마치 물건 품평이라도 하듯 두 눈을 빛내며 위아래로 나를 살피던 어머니는 뭔가 마음에 들지 않는 듯 미간을 찌푸렸다.

"너무 방치했어."

"……?"

"뱉어."

"뭘?"

직감적으로 알았다.

어머니가 노리는 것이 아까워서 깨물어 먹지도 못 하고 살살 녹여서 먹고 있던 내 입속의 당과라는 사실을.

그러나 아직 반도 녹지 않은 달콤한 당과를 뱉는다는 것은 상상도 할 수 없는 일이기에 본능적으로 입을 꽉 다물었다.

하지만 아무런 소용이 없었다.

어머니는 그 고운 손과 전혀 어울리지 않는 억센 힘으로 기어이 내 입을 벌리고 당과를 꺼내 바닥에 내팽개쳐 버렸다.

"미안해."

그래, 어머니는 미안해해야 했다.

내 허락도 없이 입속에 들어 있던 당과를 꺼내 바닥에 버렸으니까.

최대한 불쌍해 보이기 위해서 눈물을 글썽이면서 대답했다.

"괜찮아, 새로 사 주면 돼."

"앞으로 네 인생에 영원히 당과는 없다."

하지만 어머니의 대답은 예상했던 것과 달랐다.

"그동안 네 형에게만 신경 쓰느라 네게 너무 무심했구나."

"난 지금도 좋은데."

"그게 무슨 소리냐? 앞으로 네 애비를 닮아 재능이라고는 쥐꼬리만큼도 없는 형 말고 네게 신경 쓰도록 하마. 그리고⋯⋯."

"진짜 괜찮은데."

"네가 일곱 살이라는 게 다행이구나."

"나 여덟 살인데."

어머니의 입가로 번지는 웃음.

평소와 달리 그 웃음을 마주하는 순간 바보처럼 헤헤거리며 마주 웃을 수 없었다.

그 어린 나이에도 '이거 뭔가 안 좋은 일이 생겼다'라는 생각이 퍼뜩 들어서 얼굴이 딱딱하게 굳어져 버렸다.

그리고 본능적으로 다시 벽보를 살폈다.

고작 여덟 살짜리라고는 믿기지 않을 정도로 엄청난 집중력을 발휘해서 벽보를 노려보던 나는 마침내 원하던 것을 찾아냈다.

"이거."

"뭐냐?"

내가 굵고 짧은 손가락을 들어 가리킨 것은 칠(七)이라는 글자였다.

"이거 안 보여?"

"보인다."

"여기 칠 세 이하만 참가가 가능하다고 적혀 있잖아."

"그런데?"

"난 여덟 살이잖아."

필사적으로 위기를 벗어나기 위해 몸부림쳤지만, 어머니는 걱정하지 말라는 듯이 웃으며 말했다.

"걱정하지 마."

"응?"

"넌 이제부터 일곱 살이야."

"왜?"

"넌 지금부터 무조건 일곱 살이야. 까짓것 정 안 되면 돈을 쥐어 주고 관원이라도 매수해서 호적을 바꿀 거야. 그러니 넌 아무 걱정하지 말거라."

어찌 걱정이 되지 않을까.

앞으로 시작될 고생문이 눈에 훤한데.

"가자."

"어딜?"

"일단 집으로 가자. 할 일이 아주 많거든."

어머니는 내 손을 잡고 힘껏 이끌었다.

그리고 그 손에 실린 힘을 감당하지 못 하고 끌려가던 내게 어머니가 주문처럼 중얼거리는 소리가 들려왔다.

"할 수 있을 거야. 그럼, 할 수 있고말고. 우리 진풍이는 다른 아이들과 분명히 달라. 태어날 때 울음소리부터 다른 아이들과 달리 집이 떠나갈 정도로 우렁찼는데, 꼭 해낼 수 있을 거야. 그렇지?"

내가 태어날 당시에 얼마나 크게 울었는지 알 리가 없었다.

그 정도로 내 기억력이 좋을 리 없으니까.

다만 난 어머니의 기세에 눌려 엉겁결에 고개를 끄덕였고, 어머니는 그 모습을 보며 만족스레 웃었다.

우선은 그걸로 좋다고 생각했는데…….

이제 와 돌이켜 보면 그게 비극의 시작이었다.

◑

그때부터였다.

평온하던 나, 서진풍의 인생이 격변의 풍랑 속으로 내던져진 것은.

그리고 여덟이란 어린 나이에 걸맞지 않는 모진 풍파를 겪게 된 것은.

예전부터 알고 있었던 사실이지만 어머니는 한번 마음을 먹으면 어떻게든 끌고 나가는 추진력이 대단했다.

특히 자식과 관련된 일에는.

"다 읽었어요?"

"아직 다 못 읽었소."

"왜 이리 오래 걸려요?"

"당신이 이리 흔들어 대는데 어찌 읽을 수 있겠소?"

집으로 돌아오는 길에 어머니는 아예 벽보를 한 장 찢어 왔다.

그러고는 집에 들어서자마자 아버지의 앞에 그 벽보를 턱 하니 내밀었다.

"빨리 좀 읽어요. 시간이 얼마 없으니까."

어머니의 성화를 이기지 못 한 아버지가 두 눈을 가늘게 뜨고 그 벽보를 자세히 살피기 시작했다.

"제 일 회 무림맹 영재 발굴 대회?"

"그래요. 신임 무림맹주가 취임 기념으로 야심차게 마련 한 대회예요."

"무림맹주가 언제 새로 바뀌었소?"

"당신은 도대체 아는 게 뭐예요?"

어머니의 뾰족한 목소리를 듣고, 아버지의 목소리는 금세 작아졌다.

"무능해서 미안하오."

"흥, 어쨌든 그게 중요한 게 아니에요."

"그럼 뭐가 중요한 거요?"

"지금 보고 있는 이 벽보가 우리 백화장이 다시 일어날 수 있는 절호의 기회라는 것이 중요하죠."

어머니는 열변을 토해 냈다.

하지만 아버지의 반응은 언제나처럼 시큰둥했다.

"다 좋소. 다 좋은데…… 우리 집에 영재가 있소?"

아버지가 고개를 돌려 먼저 형을 바라보았다.

그 시선을 받고서 눈 밑이 검게 변한 채 푸석푸석한 얼굴로 서 있던 형이 처음으로 입을 뗐다.

"저 목검을 잃어버렸어요."

"일부러 파묻은 게 아니고?"

"혹시 파묻는 거 보셨어요?"

"보지는 못 했다."

"그럼 어떻게 아셨어요?"

"바닥에 묻으려면 제대로 묻을 것이지. 네가 제대로 묻지 않아서 목검 끝에 발바닥이 찔린 덕분에 알게 됐다."

"죄송해요."

"앞으로는 손잡이가 위로 오게 묻도록 해라."

"그럴게요."

요리조리 눈치를 살피던 형이 고개를 푹 숙이며 꺼낸 말을 듣던 아버지가 확신에 찬 목소리로 말했다.

"일단 순풍이는 영재가 아닌 게 확실하오."

"그건 나도 알아요."

"이미 알고 있었소? 전에는 순풍이가 태어날 당시부터 울음소리가 심상치 않았다면서 영재라 하지 않았소?"

"그건 내 착각이었어요. 당신을 닮아서 그런지 순풍이한

테서 재능이라고는 염소똥만큼도 찾을 수 없어요."

"크흠. 아무리 그래도 애가 듣고 있는 앞에서 그리 말하는 것은 좀 심하지 않소? 게다가 염소똥이란 표현은 고상한 당신과 어울리지 않소."

아버지는 형의 표정을 슬쩍 살피며 역성을 들었지만, 그 걱정은 기우였다.

형은 아버지의 말이 끝나기 무섭게 재빨리 대답했다.

"제겐 염소똥도 과합니다. 쥐똥 정도라면 모를까."

그리고 그 말을 듣고 다시 헛기침을 한 아버지가 물었다.

"그럼 영재 발굴 대회에는 누가 나간단 말이오?"

"우리 진풍이가 있잖아요."

"진풍이 말이오?"

일순 모두의 시선이 한곳으로 쏠렸다.

진풍은 어리둥절한 와중에도 자신에게 쏟아지던 가족들의 시선들에 담겨 있던 각기 다른 감정들을 읽어 냈다.

일단 아버지의 시선은 영 의심쩍다는 빛을 담고 있었다.

"영재치고는 좀 뚱뚱한 것 같지 않소?"

"시끄러워요. 저게 다 키가 될 거니까 그런 소리 말아요."

그리고 기어이 한마디를 꺼냈다가 어머니의 미움을 가득 샀다.

형은 두 눈을 반짝였다.

오래간만이었다.

늘 피로에 절어서 흐리멍텅하던 형의 두 눈이 생기를 띈 것은.

"맞습니다. 어머님, 비록 저는 영재가 아니지만 진풍이는 진짜 영재입니다. 제가 보증하겠습니다."

그리고 일말의 망설임도 없이 소리치던 형은 미안한 표정을 지은 채 진풍을 바라보고 있었다.

물론 진풍은 형이 짓고 있던 표정에 담긴 의미를 깨닫기에는 너무 어렸다.

"진풍이가 무슨 영재예요? 돼지 새끼지."

다음으로 입을 뗀 것은 누나였다.

"옷 사 줄게!"

"몇 벌?"

"두 벌. 그것도 비단옷으로!"

어머니의 귓속말을 나누며 흥정을 마친 누나는 별 감흥도 없는 목소리로 앵무새처럼 이야기했다.

"생각해 보니 진풍이는 영재가 맞아요. 눈빛부터가 다르잖아요."

진풍도 바보는 아니었다.

본능적으로 지금 흘러가는 상황에 어떤 음모가 섞여 있다는 것을 본능적으로 느꼈다.

그렇지만 당시 진풍의 나이 고작 여덟 살.

음모를 파헤치고 위기에서 빠져나가기에는 너무 어려웠다.

마지막으로 쇄기를 박은 건 어머니였다.

집안의 대소사를 결정하는 데 가장 큰 영향력을 가진 어머니는 확신에 찬 목소리로 장담했다.

"우리 진풍이가 영재가 아니라면 세상 천지에 영재가 또 어디 있겠어요?"

형, 누나, 그리고 어머니까지.

연거푸 세 명이 확신에 찬 목소리로 영재라고 소리치는 것을 듣고 나니 갑자기 자신감이 부풀었다.

그래서 진풍은 머리를 긁적이며 말했다.

"나 진짜 영재야?"

그리고 어머니는 다정스런 눈초리로 내려다보며 대답했다.

"넌 고작 영재가 아니라 기재야. 눈빛부터가 달랐다니까."

2장
눈빛이 달랐다니까요

서만석이 난감한 표정을 지었다.

서문화경이 가져온 명단에 적힌 면면을 살피다 보니 뭔가 잘못되어 간다는 경고성이 머릿속에 퍼뜩 울리고 있었다.

"그러니까 이들이 모두 진풍이를 가르칠 사람들이란 말이오?"

"그래요."

"뭐가 이렇게 많소?"

기껏해야 한 명이라 생각했다.

아니, 좀 많아도 두 명 정도일 거라 생각했다.

하지만 부인이 가져온 명단에는 무려 셋이나 되는 이름이 올라와 있었다.

"이게 뭐가 많아요? 이것도 최소한으로 줄인 건데."

"그냥 우리 백화장의 가전 무공을 가르쳐도 되지 않소?"

그래서 서만석이 퉁명스레 말했지만 서문화경은 대체 무슨 말도 안 되는 소리를 하느냐는 표정으로 쏘아봤다.

"그딴 걸 어디다 써요?"

"그렇게 함부로 말하지 마시오. 우리 백화장의 가전무공인 봉추검법을 무시해서는 안 되오. 전에도 말했듯이 봉추검법은 우리 백화장의 개파조사셨던 서천명 조사님께서 말년에 꿈속에서 봉황을 만나 봉황의 날갯짓에서 깨달음을 얻고 난 후 만든 총 십삼 식으로 이루어진 검식으로서 강호의 절기 중의 절기였소."

서만석이 열변을 토해 냈지만, 서문화경의 반응은 시큰둥했다.

"봉황은 무슨. 큰 닭이었겠지."

"어허."

"봉황의 날갯짓에서 이치를 깨닫고 만든 그 이름만 그럴듯한 봉추검법이 지금 백화장을 손바닥만 하게 만든 장본인이죠."

"그건 어디까지나 후반부 오 초식이 유실되었기에 그럴 뿐. 사라졌던 후반부 오 초식을 되찾는 순간 봉추검법은 다시 백화장을 비상하게 만들어 줄 것이오."

"어느 세월예요?"

"그야……."

"아마 비상하기 전에 망할걸요."

"……?"

"지난 수백 년간 찾지 못 했던 후반부 오 초식을 대체 언제 어디서 찾겠다는 거예요? 당장 육 개월 뒤에는 우리 진풍이가 무림맹 영재 발굴 대회에 참가해야 하는데."

"크흠."

서문화경이 막말을 쏟아 냈다.

그리고 말문이 막힌 서만석이 괜한 헛기침을 토해 낼 때, 서문화경이 명단에 적힌 인물들에 대해 설명하기 시작했다.

"어때요? 이름은 한번씩 들어 본 적 있죠?"

"어디 한 번 봅시다."

서만석이 명단에 적혀 있는 자들을 제대로 살피기 시작한 뒤 얼마 지나지 않아 고개를 끄덕였다.

무림 맹주가 바뀐지도 모를 정도로 세상 돌아가는 것에 관심이 없던 그로서도 한두 번씩은 이름을 들어 본 자들이었다.

비록 중원의 변방이라 불리는 청해성이라 하나, 이들은 청해성 내에서는 꽤나 명성을 떨치는 자들이었으니까

"유명한 자들이구려."

"나름 유명하기는 하지만 아쉬워요. 우리 진풍이를 위해서 좀 더 좋은 스승들을 붙여 주고 싶었는데. 고작 청해성이 아니라 중원에서 이름난 분들을 모시기에는 시간이 너무 촉박했어요."

"내 생각에는 이 정도로도 차고 넘치는 것 같소만."

"당신 정말 진풍이를 사랑하는 것 맞아요?"

서만석이 흠칫 하며 시선을 돌렸다.

물론 제 자식을 사랑하고 아끼지 않는 부모가 어디 있을까.

하지만 서문화경에게는 분명 지나친 면이 있었다.

얼마 전까지만 해도 맏이인 순풍이를 잠시도 쉴 틈을 주지 않고 몰아세우더니, 이번에는 진풍이 차례였다.

이제 겨우 여덟 살인 아이에게는 너무 잔인한 일이었다.

그리고 이런 대단한 인물들을 스승으로 붙인다 해서 고작 여덟 살짜리 아이가 육 개월 동안 얼마나 배울까.

아무리 서문화경이 무섭다고 하나 한마디 하지 않을 수 없었다.

"물론 나도 진풍이를 아끼고 있소. 하지만 이제는 좀 더 현실적으로 바라볼 필요가 있지 않겠소?"

"대체 뭐가 문제예요? 어디 한 번 말해 봐요."

"우선 지금 여기 적힌 자들이 모두 진풍이의 스승이 되겠다고 허락하겠소?"

"그건 걱정하지 말아요. 내가 알아서 할 테니까."

"어찌 걱정하지 않을 수 있소? 이들은 모두 청해성에서 이름을 날리고 있는 자들이오. 이런 대단한 자들이 이제 고작 여덟 살 먹은 코흘리개의 스승이 되겠다고 흔쾌히 수락할 리가 없소."

"다 방법이 있어요."

"그 방법이 대체 뭐요?"

"절대 거절할 수 없을 정도로 많은 돈을 준다고 했어요."

"응? 얼마나 준다고 했소?"

"은자 백 냥씩을 준다고 했죠."

서만석의 얼굴에서 핏기가 사라졌다.

은자 백 냥이라니……

백화장이 휘청거릴 정도로 많은 돈이었다.

그런데 문제는 명단에 올라 있던 자가 셋이라는 것이었다.

다시 말해 무려 은자 삼백 냥을 내고서 이들을 진풍이의 스승으로 모셔 온다는 뜻이었다.

백화장의 기둥이 흔들거리며 삐걱거리는 소리가 들리는 것 같았다.

그래서 서만석이 다시 입을 열려는 찰나, 서문화경이 먼저 입을 뗐다.

"달별로."

처음에는 말뜻을 이해하지 못 했다.

"달별로?"

멍한 표정으로 되뇌다 비로소 그 말의 의미를 깨달은 서만석이 자리에서 벌떡 일어났다.

한 달에 삼백 냥이면 육 개월이 지나면 총 은자 이천 냥 가까이 지불해야 한다는 계산이 나왔다.

그리고 은자 이천 냥이라면 가뜩이나 그리 튼튼하지 않은 백화장의 기둥뿌리가 뽑힐 정도의 거금이었다.

이건 미친 짓이었다.

"당신 미쳤소? 그 많은 돈을 어디서 구한단 말이오?"

"어떻게든 구해야죠."

"하지만 지금 우리 백화장의 형편이 그리 좋지 않다는 것은 당신도 알고 있지 않소?"

"그딴 건 몰라요. 미리 말해 두겠지만 우리 진풍이를 위해서라면 염왕채라도 쓸 생각이에요."

"염왕채라니…… 그게 얼마나 무서운 것인지 정녕 모른단 말이오?"

서만석이 이해할 수 없다는 표정을 지었다.

복리로 이자가 붙는 염왕채는 정녕 무서운 것이었다.

함부로 염왕채에 손을 댔다가 패가망신한 자들에 대한 이야기는 귀가 따가울 정도로 들었는데 어찌 선뜻 동의할 수 있을까.

"잠시 쓰고 갚으면 되니 걱정하지 말아요."

"모두 그런 마음으로 염왕채에 손을 댔다가 패가망신하는 거요."

"시끄러워요!"

"그래, 어디 한 번 들어나 봅시다. 대체 무슨 수로 그 큰 돈을 갚는단 말이오?"

"당신 그때 그 벽보를 제대로 안 읽었어요? 무림맹 영재

발굴 대회에서 우승을 하면 받는 부상 중에 상금이 있잖아
요. 그 상금을 받아 갚으면 되죠."

서만석이 눈을 껌벅거렸다.

어렴풋이 기억이 났다.

영재 발굴 대회에서 우승을 하면 부상으로 은자 일만 냥
이라는 거금의 상금이 걸려 있었다는 사실이.

하지만 진풍이가 일등을 할 확률이 과연 얼마나 될까?

서만석이 두 눈을 질끈 감았다.

역사와 전통을 자랑하는 구대문파와 오대세가에서 쑥쑥
자라고 있을 뛰어난 영재들이 얼마나 많은가.

그리고 중원 전역에 알려지지 않은 영재들이 얼마나 많은
가.

아니, 굳이 거기까지 갈 것도 없었다.

청해성에만 해도 인재가 넘쳤다.

솔직히 말하면 의형제처럼 지내는 벽검장의 장주인 추도
수의 아들만 해도 자신의 아들인 진풍이보다 훨씬 뛰어났다.

그런 아이들과 경쟁해야 하는 당과만 좋아하는 뚱뚱한 진
풍이의 모습이 머릿속에 퍼뜩 떠오르자 서만석은 침을 꿀꺽
삼켰다.

이건 도박이었다.

그것도 이길 확률이 거의 없는 무모하기 그지없는 도박이
었다.

"만약 진풍이가 우승하지 못 하면 어떻게 할 생각이오?"

"그럴 리가 없어요."

"무조건 그렇게 말하지 말고 우리 좀 더 합리적이고 이성
적으로……."

"당신, 지금 우리 진풍이의 재능을 의심하는 거예요?"

"아니, 내 말은 그런 뜻이 아니라…… 그러니까 어디까지
나 만약이라 강조하지 않았소. 혹시나 우승하지 못 할 경우
를 말하는 것이오."

"그런 걱정은 하지도 말아요. 우리 진풍이는 무조건 우승
할 테니까."

서만석이 결국 한숨을 내쉬었다.

저 밑도 끝도 없는 근거 없는 자신감이 대체 어디서 나오
는지 그로서는 도무지 이해할 수 없었다.

그래서 따지고 싶었지만 그는 결국 입을 다물었다.

따져 봐야 돌아올 부인의 대답은 빤하리라.

"태어날 때 울음소리가 우렁찼잖아요."

"눈빛이 다른 아이들과 달랐다니까요."

*"걸음마도 다른 아이들보다 빨리 시작했다니까요. 균형
감각이 남다른 걸로 봐서 무공에 재능이 있어요."*

빤한 대답.

순풍이 때부터 귀에 인이 박힐 정도로 들어서 지겨웠다.

그 대답을 다시 듣느니 차라리 다른 방향으로 이 문제를

해결해야겠다는 결심을 굳힌 서만석이 장고에 빠졌다.

그리고 마침내 좋은 생각을 떠올렸다.

조금 전, 부인이 가져왔던 명단에 이름이 올라 있었던 자들은 어느 정도 명성이 알려져 있는 자들.

그들도 사람인 이상 금전에서 완전히 자유로울 수는 없겠지만, 그만한 명성을 얻은 자들이라면 금전에만 휘둘리지는 않을 터였다.

고작 육 개월의 짧은 시간이라 하나, 아무나 제자로 받아들이지는 않을 것이었다.

'사실 내 자식이기는 하지만 진풍이가 그리 재능이 있게 생기지는 않았지.'

키도 작고 뚱뚱해서 비만아의 표상이라고 손가락질을 받는 진풍이의 모습을 머릿속에 떠올리던 서만석이 미소를 머금은 채 제안했다.

"일단 그자들에게 진풍이를 보입시다. 그리고 나서도 그들이 진풍이를 가리키겠다고 한다면 내가 염왕채를 써서라도 돈을 구해 오겠소."

"좋아요."

다행히 서문화경은 서만석의 숨은 의도를 파악하지 못 하고 순순히 인정했다.

그리고 그제야 만족한 서만석이 안도하며 질문했다.

"그런데 말이오. 아무리 그들이 훌륭한 스승들이라 해도 고작 육 개월 동안 진풍이가 배우면 뭘 얼마나 배우겠소?

너무 짧은 시간인 듯한데."

"걱정 말아요."

"어찌 걱정하지 않을 수 있겠소?"

"내게도 다 생각이 있어요."

"무엇이오?"

"속성으로 가르쳐 달라고 부탁할 생각이에요. 게다가……."

"또 뭐요?"

"먹고 자는 시간까지 쪼개면 그렇게 짧은 시간만은 아니에요."

서문화경이 화사한 미소를 머금은 채 대답했다.

그런 그녀를 바라보던 서만석은 왠지 모를 섬뜩한 느낌을 받았다.

그리고 무슨 일이 있더라도 이번 사태를 막기 위해 최선을 다 해야겠다는 결심을 다지며 중얼거렸다.

"불쌍한 진풍이!"

관유정이 콧등을 매만졌다.

청해에서 열손가락 안에 드는 고수라 알려진 관유정이 백화장주의 둘째 아들의 무공 사부가 되어 달라는 제안을 받은 것은 보름 전이었다.

처음 그 제안을 받았을 때만 해도 솔직히 놀랐다.

백화장의 안주인인 서문화경이 파격적인 조건을 제시했기 때문이었다.

한 달에 무려 은자 백 냥.

분명히 엄청난 녹봉이었다.

그래서 잠시 솔깃하기는 했지만, 일언지하에 거절하려 했다.

관유정은 돈 때문에 움직이는 자가 아니었으니까.

청해삼절 중 일인이라는 자신의 명성을 생각해서 막 거절하려던 순간, 서문화경은 넌지시 입을 뗐다.

"소문에 듣자 하니 염왕채를 쓰셨더군요."

"아니, 그 이야기는 대체 어디서 들었소?"

"강남회에 비밀은 없습니다."

"강남회?"

관유정이 두 눈을 가늘게 뜨고 서문화경을 바라보았다.

강남회는 분명히 처음 듣는 단체.

자신도 알지 못 하는 사이, 새로 생긴 정보를 수집하는 단체인가 하고 관유정이 의심할 때였다.

"어쨌든 중요한 것은 관 대협께서 염왕채를 사용하셨다는 거지요. 그리고 염왕채의 복리는 무척이나 무섭답니다."

염왕채에 대해 듣는 순간, 마음이 흔들렸다.

더구나 그녀가 설령 거절하더라도 일단 한번 직접 만나라도 본 후에 거절하라고 간곡히 부탁하는 것을 듣고 마음을 바꾸었다.

그리고 입에 침이 마르도록 서진풍이라는 아이에 대한 칭찬을 늘어놓는 것을 계속 듣다 보니 살짝 흥미가 동하기도 했다.

대체 어느 정도의 기재인가 하는.

그래서 마침내 오늘 백화장으로 들어가 백화장의 장주인 서만석을 만난 관유정은 고개를 갸웃했다.

"먼 길 오시느라 고생은 하셨지만 헛걸음을 하신 듯합니다."

김이 모락모락 올라오는 찻잔을 앞에 두고 마주 앉은 서만석은 행여 누가 들을지도 모른다고 생각했는지 자그마한 목소리로 고백했다.

"그게 무슨 말씀이십니까?"

"내 자식이긴 하지만 뛰어난 아이가 절대 아닙니다."

"하지만 안주인께서는 백 년에 한번 나올까 말까 한 기재라고 입에 침이 마르도록 칭찬하셨는데."

"흥, 진풍이가 백 년에 한번 나올까 말까 한 기재면 벽검장주의 아들은 천 년에 한번 나올까 말까한 기재이고, 한수장주의 막내아들은 만 년에 한번 나올까 말까 한 기재겠군. 뻥도 적당히 쳐야지. 쯧쯧."

"지금 뭐라 하셨습니까?"

"아, 혼잣말이니 신경 쓰지 마십시오. 원래 부모란 것이 다 그런 게 아니겠습니까? 잘나든 못나든 제 자식이면 예뻐 보이는 법이지요."

그때까지만 해도 그저 겸손한 언사라 여겼다.

그러나 서만석은 일단 여기까지 찾아왔으니 한번 만나 보는 것은 좋으나, 큰 기대는 품지 말라고 넌지시 말했다.

또 만나 본 후에 마음에 들지 않으면 절대 부담 같은 것은 가지지 말고 떠나라는 은근한 부탁까지 했다.

"두 사람의 이야기가 너무 다르니 직접 만나 보고 판단하는 수밖에는 없군."

관유정이 시비의 안내를 받으며 혼잣말을 했다.

그리고 아무런 말없이 묵묵히 자신을 안내하고 있던 시비가 멈추어 서는 것을 보고 관유정도 걸음을 멈추었다.

"왜 여기서 멈추느냐?"

"도착했습니다."

"도착했다? 백화장의 이공자가 어디 있단 말이냐?"

"저기 계십니다."

시비가 가리키는 곳을 바라보던 관유정이 미간을 찌푸렸다.

그의 눈에 두 명의 소년이 보였다.

한 소년은 기괴한 자세를 취한 채 땀을 뻘뻘 흘리고 있었고, 다른 한 소년은 생기발랄한 얼굴로 곁에 서 있었다.

"정녕 저 아이가 진풍이란 아이인가?"

"그렇습니다."

"어디 보자. 근골은 괜찮은 듯 보이는군."

시비의 확답을 듣고서 관유정이 가슴 어림까지 기른 수염을 쓰다듬었다.

틀림없이 여덟 살이라 들었는데 생각보다 키가 컸다.

아직 직접 만지며 살펴보지 않아 확신할 수는 없지만, 근골은 무공을 익히는 데 적합할 듯했다.

그래서 고개를 끄덕이던 관유정이 곁에서 마보처럼 보이는 기괴한 자세를 취하고 있는 소년을 보고서 혀를 끌끌 찼다.

"잘하면 굴러다니겠군. 자넨 이만 돌아가게. 내 직접 이야기를 나누겠네."

이를 악문 채 땀을 뻘뻘 흘리고 있는 소년을 살피던 관유정이 시비에게 돌아가라 이르고 두 소년의 곁으로 다가가려다가 다시 걸음을 멈추었다.

두 소년이 나누는 대화 소리가 그의 귓속으로 파고들었다.

"견딜 만해?"

"죽을 것 같아."

"예전에 나도 그랬어."

"형은 어떻게 견뎠어?"

"죽지 못해 살았지."

"그렇구나."

"그 맘 나도 알아. 그런데 내가 어떻게 도와줄 수가 없네."

"괜찮아. 대신 형은 이제 꿈을 이뤘잖아."

"미안해. 나만 꿈을 이뤄서."

"나도 조금만 참고 견디다 보면 꿈을 이룰 날이 오겠지."

"물론이지. 그러니까 조금만 참아."

두 소년이 나누는 이야기를 들었지만 관유정으로서는 그 이야기의 내용을 제대로 파악할 수가 없었다.

"근데 이건 뭐야?"

"어머니가 팔찌라고 채워 주셨는데 엄청 무거워."

"그래도 나한테는 이런 것까지 채워 주시지는 않았었는데. 이 자세로 버틴 지 얼마나 지났어?"

"아침 먹고 나서부터 이러고 있었는데."

좀 더 자세히 묻기 위해 두 소년의 곁으로 다가가던 관유정은 다시 이어지는 대화를 엿듣고서 흥미를 느꼈다.

아침을 먹고 나서부터 저 자세를 취하고 있었다면 최소한 두 시진 이상은 흘렀다는 이야기였다.

'참을성 하나만큼은 대단하구나!'

관유정은 진심으로 감탄했다.

처음에는 엉성하기 그지없는 마보 자세가 힘이 들어 흐트러진 것이라 생각했는데 그건 오해였다.

워낙에 뚱뚱한 탓에 살이 배겨서 마보 자세가 제대로 잡히지 않는 것뿐이었다.

하지만 관유정은 이내 관심을 접었다.

어차피 그가 가르쳐야 할 아이는 마보 자세를 취하고 있

는 저 뚱뚱한 아이가 아니라, 그 곁에 서 있는 근골이 괜찮
아 보이는 아이였다.

"네가 서 장주의 아들이냐?"

"그렇습니다만 누구세요?"

"나는 관유정이라고 한다. 우연히 너희들의 이야기를 듣
게 되었는데 호기심이 생기는구나. 네가 이룬 꿈이 무엇이
냐?"

"제 꿈은……."

"어려워 말고 기탄없이 말해 보거라."

잠시 망설이던 소년이 용기를 얻은 듯 대답했다.

"한량입니다."

"한량?"

그 대답을 듣고서 관유정이 슬쩍 눈살을 찌푸렸다.

높디높은 목표를 가지고 그 꿈을 이루기 위해 노력해야
할 어린 소년들의 꿈이 고작 한량이라니.

과연 이 아이들이 한량이란 말의 의미를 알기는 하는 걸
까, 하는 생각이 드는 한편으로 한심하다는 생각을 하던 관
유정이 손짓했다.

"이리 가까이 와 보거라."

"왜 그러시는지?"

"네 부모님께 이미 허락을 득했으니 어려워 말고 가까이
와 보거라."

"알겠습니다."

그제야 경계를 풀고서 가까이 다가오는 소년의 얼굴을 관유정이 자세히 살폈다.

'호상이로구나. 그러나 무재는 아닌 듯 보이는구나.'

소년의 얼굴은 갓 꽃봉오리를 피운 백합처럼 생기가 넘쳤지만, 근골을 직접 살핀 관유정의 얼굴에는 실망스런 기색이 스치고 지나갔다.

건강에 이상이 있는 것은 아니지만, 무공을 익히기에 적합한 근골도 아니었다.

그저 평범한 아이 정도.

그래서 관유정이 미미하게 고개를 끄덕일 때였다.

"언제 오셨습니까? 오늘 찾아오실 것이라고 진즉에 기별을 주셨으면 외출하지 않고 기다렸을 텐데요."

서문화경이 그의 곁으로 다가왔다.

그리고 그녀를 확인한 관유정의 눈에 곤혹스런 빛이 떠올랐다.

"미리 찾아와 아이를 한번 살펴보던 중이었소."

"그랬습니까?"

서문화경의 두 눈이 반짝였다.

"어떻습니까?"

기대에 찬 그녀의 눈빛을 확인하고 관유정의 곤혹스러움은 더해졌다.

하지만 아닌 것을 좋다고 할 수는 없는 노릇.

관유정은 독하게 마음먹고 솔직히 말했다.

"그것이…… 무재는 아닌 듯하구려."

"그럴 리가 없습니다."

그리고 관유정의 말이 끝나기 무섭게 서문화경이 단호하게 말했다.

여인이 한을 품으면 오뉴월에도 서리가 내린다 했던가.

무공을 익히지도 않은 서문화경의 두 눈에 서린 독기가 관유정의 가슴을 답답하게 만들었다.

"다시 한번 살펴보시지요."

"그럼 내 실수일지도 모르니…… 말씀대로 다시 한번 살피겠소."

자신의 판단이 틀릴 리가 없었다.

그래서 내키지는 않았지만 서문화경의 눈빛을 마주하자, 다시 한 번 확인하지 않을 수 없었다.

관유정이 소년의 곁으로 다가가 다시 손목을 잡으려 할 때, 서문화경이 두 눈을 번뜩이며 말했다.

"뭔가 착각을 하신 듯합니다."

"무슨 말씀이시오?"

"그 아이가 아닙니다."

"그럼?"

"백 년에 한번 나올까 말까 한 기재인 우리 진풍이는 이 아이입니다."

'응?'

어지간한 일에는 눈도 꿈쩍하지 않는 관유정이 자신도 모르는 사이 미간을 찌푸렸다.

백년에 한 번 나올까 말까 한 기재치고는 너무 뚱뚱했다.

이건 굳이 근골을 확인할 필요도 없었다.

어린 것이 단 것을 얼마나 처먹었는지…… 물살만 가득 올라 있는 저 아이는 결코 기재가 아니었다.

아무리 봐도 기재는커녕 범재에도 못 미쳤다.

"제가…… 하아…… 기재예요."

뭐가 좋은지 아이는 웃고 있었다.

그리고 자기 입으로 기재라 밝히고 있는 진풍이란 아이를 보니 기가 막힐 지경이었지만, 관유정은 억지로 웃었다.

"한눈에 봐도 뛰어난 기재처럼 보이는구려."

마음에도 없는 말을 하며 관유정이 서진풍의 곁으로 다가 갔다.

여전히 기대에 가득 차 있는 서문화경의 두 눈을 확인하 고서, 손을 뻗어 근골을 살피는 척했다.

'근육은 물론이고, 아예 뼈가 잡히지도 않는구나!'

손바닥에 전해지는 감촉은 물컹한 느낌뿐이었다.

"어떻습니까?"

"그게……."

"기재가 맞지요? 이 아이를 가졌을 때 제가 태몽으로 용 꿈을 꾸었습니다. 주먹만 한 여의주를 물고 하늘을 제집 안 방마냥 마음껏 날아다니던 용이 내 뱃속으로 들어왔을 때부 터 직감했습니다. 이 아이가 크게 될 것이라고."

'혹, 토룡이 아니었을까?'

서문화경의 이야기를 듣다 보니 불쑥 그런 생각이 들었지만, 관유정도 눈치는 있었다.

차마 그 말을 입 밖으로 꺼내지는 못 하고 쓴웃음을 지었다.

"나쁘지 않군요."

"제가 장담하지 않았습니까?"

"이 아이의 근골은 무공을 익히는 데 최고입니다. 긴 시간 동안 강호를 돌아다녀 보았지만 이리 뛰어난 근골은 본 적이 없습니다."

"백 년에 한 번 나올까 말까 한 기재니까 관 대협께서 지금껏 만날 수 있었을 리가 없지요."

"뭐, 그렇긴 하군요. 부인 말씀대로 엄청난 기재입니다."

관유정이 마음에도 없는 말을 꺼냈다.

'아, 염왕채만 쓰지 않았더라면……'

대신 속으로 울분을 토해 냈다.

아무리 뛰어난 무인이라 하더라도 돈은 필요한 법이었다.

게다가 명색이 청해삼절 중 일인인데 허름한 옷을 입고, 싸구려 음식을 먹을 수는 없었다.

체면치레를 위해서 비단 옷을 입고, 비싼 음식을 먹고, 고급 주루에 가서 술을 마시다 보니 어느덧 염왕채에까지 손을 대고 말았다.

그리고 염왕채의 복리는 무서웠다.

오죽하면 사람을 죽이고 생피를 빨아먹는, 잔인하기로 소문난 마교 교주보다 더 무서운 것이 염왕채의 복리라는 생각까지 했을까.

그 복리의 교(絞)는 며칠 전부터 숨통을 바싹 조여 오기 시작했다.

"우리 진풍이라면 무림맹 영재 발굴 대회에서 우승하는 것은 따 논 당상이겠지요?"

"그야 물론입니다."

관유정은 이번에도 속내를 감추고 마음에도 없는 말을 꺼냈다.

피둥피둥 살이 찐 서진풍이라는 아이를 보다 보니 한숨이 절로 나왔지만, 그 한숨은 억지로 삼켰다.

그리고 한마디를 더 던졌다.

"장차 천하제일고수가 될 기재를 가리키게 될 기회를 얻는 홍복을 누리게 되니 어찌 기쁘지 않겠습니까?"

그 말에 기쁨을 감추지 못 하고 입이 귀에 걸리는 서문화경을 보며 관유정도 흐릿하게 웃었다.

이제는 염왕채와의 질긴 악연을 끊을 수 있겠다는 생각이 들어서.

'뭐, 어떻게든 되겠지.'

육개월 뒤에 있을 무림맹 영재 발굴 대회가 잠시 걱정이 되기는 했지만, 관유정은 이내 걱정을 접었다.

그리고 자꾸만 새어 나오려는 한숨을 억지로 참고, 청해삼절의 일인답게 엄숙한 표정을 짓기 위해 애썼다.

유도강이 서문화경을 만난 것은 벽검장의 집무실에서 장주의 부인인 조소영과 이야기를 나눌 때였다.

"그래서 저희 아이를 좀 지도해 주셨으면 합니다."

"이 아이입니까?"

"제 막냇자식입니다."

"그렇군요."

"제 자식이라서가 아니라 정말 뛰어난 재질을 가진 아이입니다. 십 년에 한번 나올까 말까 한 기재이지요."

조소영의 이야기를 들으며 유도강이 슬쩍 아이를 살폈다.

뭐, 딱히 나쁘지는 않았다.

그녀의 말처럼 십 년에 한번 나올까 말까 한 기재인지는 몰라도 눈빛도 초롱초롱한데다가 근골도 나쁘지 않았다.

게다가 조건도 좋았다.

조소영은 이 아이를 육 개월간 지도해 주면 은자 삼백 냥을 내놓겠다고 말했다.

달로 치면 은자 오십 냥.

분명 적지 않은 돈이었다.

요즘 같은 불경기에는 어딜 가도 이만 한 돈을 받기 힘들었다.

그래서 그저 소일거리라 여기고 가르쳐 보기로 마음을 굳힐 때였다.

"어머, 미리 와 계신 손님이 있었네?"

예고도 없이 서문화경이 집무실로 들어왔다.

의미심장한 미소를 지은 채로 들어선 그녀는 흠칫 놀라는 조소영을 힐끗 살핀 후 유도강에게 말했다.

"여기 계셨네요."

"날 아시오?"

"그럼요. 청해삼절에 이름을 올리고 계신 유 대협이시잖아요. 제가 얼마나 찾아다녔는지 모른답니다."

"왜 나를……?"

"두 배를 드리지요."

"네?"

단도직입적으로 불쑥 꺼낸 그녀의 말뜻을 알아듣지 못 하고 반문하자, 서문화경은 은근한 목소리로 덧붙였다.

"저희 백화장으로 오셔서 제 아들을 가르쳐 주신다면 조부인이 내건 보수의 두 배를 드리겠습니다."

"그건……."

너무 갑작스런 제안이라 유도강이 대답하지 못 하고 망설이는 사이, 조소영이 두 눈에 쌍심지를 켜고 끼어들었다.

"서문 부인, 이런 법이 어디 있어요? 유 대협은 이미 제 막내아들인 상화의 스승이 되어 주시기로 약조하셨으니 포기하세요."

"정말이야?"

"그럼요."

조소영이 힘주어 말했지만 서문화경은 은근한 미소를 지은 채 유도강에게 물었다.

"사실인가요?"

"그게…… 아직 확실히 약조를 한 것은 아니긴 한데……."

유도강이 말끝을 흐리자, 서문화경이 화사한 웃음을 지은 채 조소영을 바라보았다.

"아니라는데?"

"이제 곧……."

"유 대협께서 약조하지 않으셨으니 내가 부탁해도 괜찮은 거지?"

조소영의 대답이 돌아오기도 전에 서문화경은 유도강과 협상을 시작했다.

"저희 백화장으로 오세요. 아까 약속한 대로 두 배를 드린다니까요."

"하지만……."

"제 입으로 이런 말하기 좀 그렇긴 하지만 우리 진풍이는 백 년에 한번 나올까 말까 한 대단한 기재랍니다. 유 대협과 함께 청해삼절에 이름을 올리고 계신 관 대협께서도 인정하셨답니다."

"그게 사실이오?"

"그럼요. 제가 없는 말을 왜 지어내겠습니까? 관 대협께서는 이미 백화장에 머물며 제 아이를 가리키고 계십니다.

호호."

유도강이 고개를 끄덕였다.

의형제까지 맺은 사이인 만큼 관유정에 대해서는 누구보다 그가 잘 알고 있었다.

풍류를 즐기고 사람을 사귀는 것을 좋아하는 호인.

비록 최근에 염왕채를 끌어 썼다가 고생을 하고 있다는 소문은 들었지만, 그가 알고 있는 관유정은 없는 말을 지어낼 인물은 아니었다.

'정말 뛰어난 기재인가 보군. 게다가 두 배를 준다면 한 달에 무려 은자 백 냥이란 말인데…… 거절하기 힘든 제안이로구나.'

그래서 유도강이 고민에 잠긴 사이, 분위기가 심상치 않음을 느낀 조소영이 이를 악 물고 소리쳤다.

"저희도 은자 백 냥을 드리지요."

"부인!"

"그럼 백화장이 아니라 이곳에 머물러 주시겠지요?"

상황이 묘하게 흘러갔다.

그래서 유도강이 난감한 표정을 지었지만, 서문화경은 여전히 여유를 잃지 않았다.

그리고 기다렸다는 듯이 새로운 제안을 꺼냈다.

"은자 백스무 냥을 드리겠습니다."

"서문 부인!"

그 말을 듣고 조소영이 서문화경을 매섭게 노려보았다.

조소영으로서는 큰맘을 먹고 내린 결단이었다.

벽검장의 형편이 나쁘지는 않다고 해도 근래 들어 불경기가 이어지면서 여유가 있는 편도 아니었다.

그래서 남편 몰래 친정에서 돈을 융통해서 충당할 결심까지 하고 꺼낸 제안이었는데, 서문화경은 그 돈에 무려 은자 스무 냥이나 더 얹어 준다고 말했다.

'더 이상은 무리야!'

눈물이 날 정도로 분했다.

그렇지만 여기까지가 그녀의 한계였다.

"이건 반칙이 아닙니까?"

그래서 분한 목소리로 소리쳤지만, 서문화경은 눈도 꿈쩍하지 않았다.

오히려 여유 있는 표정으로 대꾸했다.

"반칙? 순진한 소리 하고 있네."

"……?"

"반칙이 아니라 이게 세상의 이치야. 이쯤에서 물러나지? 벽검장의 형편이 그리 좋지 않다고 들었는데."

"이번 일은 절대 잊지 않겠습니다."

어금니를 꽉 문 채 조소영이 말했지만 서문화경은 여유 있게 대꾸했다.

"그러든가."

그리고 그 말을 끝으로 유도강의 팔을 잡고 이끌었다.

"이제 그만 가시죠."

"이렇게 빨리……?"

"호호, 시간이 별로 없답니다."

얼떨결에 일어선 유도강과 함께 걸어 나가던 서문화경이 화사한 웃음을 남겼다.

"흥, 어디 한 번 두고 보자."

혼자 남은 조소영이 고운 이와 어울리지 않는 바드득 소리를 내며 이를 갈았다.

3장
청해삼절

찻잔을 들어 올리던 허도식이 눈을 부릅떴다.

벽검장의 안주인인 조소영이 코앞에서 하는 말을 듣는 순간, 찬물을 뒤집어쓴 것처럼 등줄기가 서늘해졌다.

"대체 그게 무슨……?"

"대협, 제 부탁을 들어주세요."

"하지만……."

"이렇게 부탁드립니다. 이건 청해삼절에 이름을 올리고 계신 허 대협께도 절대 손해가 가지 않는 일입니다."

"하아."

허도식이 마땅히 대꾸할 말을 찾지 못 하고 한숨을 내쉬었다.

여인이 한을 품으면 오뉴월에도 서리가 내린다고 했던 말이 틀리지 않음을 허도식은 직접 두 눈으로 확인하고 있었다.

"꼭 이렇게까지 해야겠소?"

"물론입니다. 그 악독한 여자에게 제가 당했던 수모를 갚지 않으면 두 발을 뻗고 잘 수 없을 것 같습니다."

조소영의 눈빛은 독 품은 살쾡이처럼 표독스러웠다.

그 눈빛을 확인한 허도식이 결국 제안을 수락했다.

"그럼 부탁대로 하겠소."

"감사합니다. 다시 한 번 말씀드리지만 허 대협께 득이 되면 득이 되지, 손해가 되지는 않을 겁니다."

"그런데 말이오. 그전에 하나 묻고 싶은 것이 있소."

"말씀하시지요."

"서진풍이라는 그 아이 말이오. 들리는 소문으로는 백 년에 한번 나올까 말까 한 기재라고 하던데…… 사실이오?"

조소영이 피식 하고 실소를 터트렸다.

"기재지요."

"그럼 역시 소문이 틀리지 않단 말이오?"

"직접 만나 보시면 확실히 알게 될 겁니다. 사람이 아니라 먹는 것만 밝히는 돼지 새끼라는 것을."

"방금 돼지 새끼라 했소?"

"흥, 돼지 새끼치고는 말을 알아듣기도 하니 기재라고 할 수 있지요."

콧방귀를 뀐 조소영이 다시금 한이 서린 눈동자로 허도식을 응시하며 힘주어 말했다.

"두고 보세요. 그 돼지 새끼 때문에 백화장은 끝장이 날 겁니다."

서문화경이 허도식을 만난 것은 오복루라는 객잔의 별실에서였다.

개인적으로 만나기를 청했지만, 허도식은 이런저런 핑계를 대며 서문화경과의 만남을 차일피일 미루었다.

그렇게 보름이 흘렀고, 자꾸 약속이 미뤄지자 서문화경은 점점 초조해졌다.

무림맹에서 주최하는 영재 발굴 대회가 얼마 남지 않았기 때문이었다.

마냥 기다릴 수 없기에 서문화경은 미리 선약이 있다는 허도식을 만나기 위해서 오복루의 별실로 찾아온 것이었다.

"오랜만이에요!"

별실로 들어섰던 서문화경의 표정이 싸늘하게 변했다.

상석에 앉아 있는 허도식의 주위에는 나름 신경 써서 꾸미고 나온 몇 명의 여편네들이 모여 있었다.

그런 여편네들은 모두 서문화경과 안면이 있는 이들이었다.

'강북회!'

서문화경을 중심으로 만들어진 계모임인 강남회의 치맛바람이 워낙 거세자, 그에 대응하기 위해 새로 생긴 계모임이 강북회였다.

군이 비유하자면 강남회와 강북회는 견원지간.

그리고 강북회의 대표라 할 수 있는 것은 벽검장의 안주인인 조소영이었다.

먼저 인사를 건네는 조소영을 확인한 서문화경은 싸늘하게 굳어졌던 표정을 이내 풀고 화사하게 웃으며 인사를 건넸다.

"여기서 다시 만나게 될 줄은 꿈에도 몰랐네."

"서문 부인께서 여긴 어쩐 일이신가요?"

"여기 계신 허 대협과 약조를 했거든. 맞죠?"

"허허, 맞소."

짙은 분 향기를 풍기는 여인들 사이에 둘러앉아 있는 것이 기분이 좋은 듯 실없이 허허거리고 있는 허도식을 힐끗 살핀 서문화경이 단도직입적으로 본론을 꺼냈다.

"손님들이 많으니 긴말하지 않고 부탁드릴게요. 제 아들인 진풍이의 무공 선생이 되어 주세요."

"무공 선생이요?"

"보수는 한 달에 은자 백이십 냥을 드리겠어요."

"허허, 그게 참 솔깃한 제안이긴 한데, 거절할 수밖에 없겠습니다."

'응? 거절한다고?'

은자 백이십 냥은 적은 돈이 아니었다.

그래서 냉큼 무공 선생이 되어 달라는 제안을 받아들일

거라 예상했던 허도식은 단칼에 잘라 거절했다.

그로 인해 서문화경이 고운 미간을 찌푸리며 물었다.

"이유가 뭔지 물어도 될까요?"

"저는 이미 다른 아이들의 무공 선생을 맡기로 했습니다."

"누구요?"

"그건……."

허도식이 잠시 대답을 망설일 때, 아까부터 독기 서린 눈초리로 노려보던 조소영이 기다렸다는 듯이 끼어들었다.

"어머, 이걸 어쩌면 좋나요? 허 대협께서는 저희 강북회의 자제들을 가르치기로 이미 결정을 내리셨는데."

서문화경이 그제야 돌아가는 상황을 깨닫고 조소영을 노려보았다.

"웃기고 있네."

"뭐요?"

"못 들었어? 아주 웃기고 있다고."

"대체 무슨 뜻으로 그렇게 말씀하시는 거죠? 지금 우리 강북회를 무시하는 건가요?"

"강북회? 강북회는 무슨? 돈 없는 집안의 아낙네들 몇몇이 모여서 강남회를 따라하는 아류인 주제에."

"서문 부인, 말이 너무 심한 거 아닌가요?"

조소영이 발끈하며 일어섰다.

하지만 서문화경은 더 이상 그녀를 상대해 주지 않고, 꿔다 놓은 보릿자루처럼 앉아서 눈치를 살피고 있는 허도식에게 새로운 제안을 꺼냈다.

"우리 진풍이는 청해삼절 중 두 분인 관 대협과 유 대협도 인정한 기재 중의 기재랍니다. 발전 가능성도 없는 아이들을 가르치시며 시간을 낭비하는 것보다 백 년에 한번 나올까 말까 한 기재인 우리 진풍이를 가르치시는 것이 더 보람되지 않겠습니까?"

"하지만……."

"보수는 은자 백오십 냥을 드리겠습니다. 어떠신가요?"

서문화경은 허도식의 마음을 돌리기 위해 더 많은 보수를 제시했다.

그리고 이번에는 틀림없이 제안을 거절하지 못할 것이라 확신했지만, 안타깝게도 서문화경의 예상은 빗나갔다.

"거절하겠습니다."

"거절하겠다고요? 이유가 무엇입니까?"

"이미 약조를 했습니다. 더구나 여기 계신 분들은 보수로 한 달에 은자 백팔십 냥을 주시기로 하셨지요."

허도식의 대답을 듣고서 서문화경이 눈을 치켜떴다.

불과 며칠 전까지만 해도 보수로 은자 백이십 냥이라는 조건을 입 밖으로 꺼내며 손을 벌벌 떨던 조소영이었다.

그런데 고작 며칠이 지났을 뿐인데 이런 거금을 선뜻 제안하다니 뭔가 이상하다는 생각이 들었다.

그래서 의아함을 품은 채 노려보자, 조소영은 서문화경이 품고 있는 의문이 무엇인지 알고 있다는 듯 느긋하게 대꾸했다.

"서문 부인의 말씀대로라면 돈도 없는 하찮은 여편네들이 모여서 만든 강북회이긴 하지만, 저희에게도 그 정도 돈은 있답니다. 십시일반이라는 말이 그냥 생긴 말은 아니죠."

십시일반(十匙一飯).

조금씩 나눠서 돈을 마련했다는 뜻이었다.

그리고 그 사실을 깨닫고 난 후, 서문화경은 잠시 고민에 잠겼다.

상황이 이러니 허도식을 포기하는 것이 맞았다.

하나 대체할 인물이 마땅치 않았다.

그리고 강북회가 이 정도로 큰돈을 보수로 낸다는 것이 허도식이 그만큼 훌륭한 스승이라는 반증이기도 했다.

욕심이 생겼다.

무슨 일이 있어도 허도식을 진풍의 스승으로 모셔야겠다는 결심을 굳힌 서문화경이 다시 제안했다.

"좋아요. 은자 이백 냥을 드리죠."

허도식에게 건넨 제안이었지만, 서문화경의 시선은 조소영에게로 향해 있었다.

그 제안을 듣고 잠깐 움찔하던 조소영이 코웃음을 치며지지 않고 소리쳤다.

"은자 이백사십 냥을 드리죠."

"흥, 은자 이백오십 냥을 드리죠."

"그럼 저흰 은자 이백칠십 냥을 드리죠."

강북회를 등에 업고 있어서일까.

며칠 전과 달리 조소영은 기세가 등등했다.

눈 깜짝할 새에 보수가 은자 이백칠십 냥까지 올라갔지만, 조소영은 어디 해볼 테면 해보라는 듯한 눈빛으로 쏘아보고 있었다.

그 도발적인 눈빛이 서문화경을 자극했다.

"은자 이백팔십 냥을 드리죠."

"그럼 저희 강북회는 은자 이백구십 냥을 드리겠습니다."

서문화경의 얼굴이 붉게 달아올랐다.

더 이상 돈이 문제가 아니었다.

이제부터는 자존심의 문제였다.

그런 만큼 절대 질 수 없는 노릇이었다.

"흥, 은자 삼백 냥을 드리죠."

조소영을 매섭게 노려보며 서문화경이 이를 악문 채 소리쳤다.

그리고 당연히 더 큰 액수를 부를 거라 여겼던 조소영은 의외의 반응을 보였다.

"은자 삼백 냥이라…… 너무 금액이 크군요."

"……?"

"저희가 깔끔하게 포기하죠."

조소영이 생긋 웃었다.

그리고 미련 없이 손을 털고 일어나는 조소영을 확인하고

서야, 서문화경은 뭔가 잘못되었다는 사실을 깨달았다.

하지만 때는 이미 늦은 후였다.

"서문 부인께서 제 능력을 이렇게 높이 평가해 주시다니 몸 둘 바를 모르겠습니다. 최선을 다해서 가르치겠습니다."

허도식이 횡재했다는 표정으로 포권을 취하며 꺼낸 말을 듣고서, 서문화경은 온몸의 힘이 스르르 빠져나가는 것 같았다.

그래서 비틀거리던 서문화경은 손으로 벽을 짚고 간신히 버텼다.

"어머, 서문 부인, 어디 불편하시기라도 한가요?"

조소영이 생긋 웃으며 다가와 손을 뻗어 부축하려 했지만, 서문화경은 힘껏 뿌리쳤다.

"괜찮으니까, 걱정하는 척하지 마."

"괜찮으시다니 다행이네요. 근데 백화장의 형편도 우리 벽검장 못지않게 어렵다는 소문이 돌던데…… 괜찮을지 모르겠네요."

조소영이 한쪽 입꼬리를 말아 올리며 덧붙였다.

"두고 봐. 우리 진풍이가 우승해서 백화장을 최고로 만들 테니까."

"과연 가능할까요? 제 생각에는 백화장은 이대로 망할 것 같은데."

"두고 보면 알겠지."

"어디 두고 보죠."

밉상 맞게 웃고 있는 조소영의 얼굴을 싸늘하게 노려보던 서문화경이 서둘러 그 자리를 벗어났다.

"당신, 미쳤소?"

서만석의 반응은 예상대로였다.

허도식에게만 보수를 더 많이 지급할 수는 없는 노릇.

관유정과 유도강에게도 같은 액수인 은자 삼백 냥을 보수로 지급하기로 했다는 이야기를 꺼내자마자 서만석은 기겁해서 펄쩍 뛰었다.

"대체 그게 무슨 말 같지도 않은 소리요?"

서만석이 입에 거품을 문 채 추궁하고 있었지만, 서문화경은 그 얘기를 귓전으로 흘리며 다른 생각에 잠겨 있었다.

'못된 년, 감히 날 가지고 놀아?'

분한 마음이 가시지 않았다.

하지만 이제는 물릴 수도 없는 노릇이었다.

분한 마음을 풀기 위해 남은 방법은 하나.

백년에 한번 나올까 말까 한 기재인 진풍이를 무림맹에서 주최하는 영재 발굴 대회에서 우승시켜서 그 못돼 처먹은 년의 코를 납작하게 만드는 수밖에 없었다.

"당신! 지금 내 말을 듣고 있긴 한 거요?"

"귀 안 먹었으니까, 소리 좀 지르지 말아요."

"아니, 지금 뭘 잘했다고⋯⋯."

"자꾸 소리 지르지 말라니까요? 너무 시끄러워서 생각을 할 수가 없잖아요."

"생각? 당신에게 과연 생각이라는 것이 있긴 한 거요? 제발 부탁인데 더 이상 생각 같은 건 하지 마시오. 한 번만 더 생각했다가는 아주 백화장을 말아먹겠소."

작심한 듯 막말을 쏟아 내고 있는 서만석은 평소와 달리 서문화경의 시선을 피하지도 않았다.

"지금 째려본다고 해서 내가 겁이라도 먹을 것 같소?!"

오히려 큰소리를 내고 있는 서만석을 바라보던 서문화경이 혀를 끌끌 찼다.

"남자가 징징대기는."

"지금 뭐라고 했소?"

"이깟 일로 징징대지 좀 말라고 했어요. 하늘이 무너진 것도 아닌데 왜 이렇게 호들갑이에요?"

"호들갑? 지금 호들갑이라고 했소? 당신 말대로 하늘은 무너지지 않았지만 우리 백화장은 기둥이 흔들거려서 금방 무너질지도 모르오."

"당장 망하지는 않잖아요."

"망하기 일보 직전이오!"

"정 어려우면 일단 염왕채라도 끌어다 써요."

"염왕채를 끌어 쓰고 나면 뒷일은 당신이 감당할 생각이오?"

"물론 내가 아니죠."

"그럼?"

"우리 진풍이가 무림맹 영재 발굴 대회에서 우승해서 다 해결할 거예요."

서만석이 어이가 없다는 표정을 지은 채 바라보고 있었지만, 서문화경은 분명히 그리 될 것이라고 철석같이 믿고 있었다.

"다른 사람도 아닌 진풍이를 믿어야 한다니. 이건 내 인생에서 가장 무모한 도박이오."

"부모가 자식을 안 믿으면 어떻게 해요?"

"자식도 자식 나름 아니겠소?"

"모르는 사람이 들으면 진풍이가 당신 자식이 아닌 줄 알겠어요."

"후우, 내 자식이니 이리 걱정하는 것 아니겠소."

"걱정하지 말아요. 내 피도 반은 섞여 있으니까."

서문화경이 위로하기 위해 꺼낸 말을 들었음에도 불구하고, 서만석의 표정은 더욱 어두워졌다.

그리고 한숨을 내쉬며 한마디를 덧붙였다.

"그래서 더 걱정이오."

"이리 가까이 오거라."

진풍이 그 말을 듣고서 뒤로 한 걸음 물러났다.

어머니의 목소리는 오래간만에 다정했다.

하지만 이런 다정한 목소리로 부를 때가 더 위험하다는 것을 진풍도 경험을 통해 충분히 깨달은 후였다.

"왜요?"

"왜긴. 우리 진풍이에게 소개시켜 줄 분들이 있단다."

"누군데요?"

"장차 천하제일 고수가 될 우리 진풍이에게 무공을 가르쳐 주실 분들이란다. 청해삼절이라고 불리시는 분들이지."

"그래요?"

어차피 들어 본 적이 없는 이름이었다.

그래서 시큰둥하게 대꾸하던 진풍의 앞으로 어머니가 다가왔다.

무릎을 꿇고 진풍과 눈높이를 맞춘 어머니의 표정은 무척 비장했다.

"우리 진풍이 지금부터 엄마 말을 잘 듣고 이해해야 해."

"뭔데요?"

"엄마가 이번에 어렵게 모신 스승님들은 무척 훌륭하신 분들이야. 그런 만큼 모셔 오는 데 많은 돈이 들었단다."

"네."

고분고분 대답을 하긴 했지만 진풍은 아직 돈에 대한 개념이 없었다.

기껏해야 돈은 당과를 사 먹는 데 필요한 수단 정도라는 것만 알고 있었다.

"만약에…… 만약에 우리 진풍이가 이번 무림맹 영재 발굴 대회에서 우승하지 못 하면 우리 집은 망할지도 몰라."

"망해요?"

"그래. 망하는 게 어떤 건지는 아니?"

"망하면…… 앞으로 당과를 사 먹지 못하게 되는 건가요?"

덜컥 겁이 난 진풍이 조심스레 꺼낸 질문을 듣고서 어머니의 얼굴에 만족스런 웃음이 떠올랐다.

"우리 진풍이는 어쩜 이리 똑똑할까?"

"그야…… 영재니까요."

"그래. 하지만 우리 진풍이가 하나 잘못 생각하는 게 있네."

"뭔데요?"

"우리 백화장이 망하든, 망하지 않든 간에 앞으로 네 인생에 당과는 영원히 없다."

"네……."

따뜻하던 어머니의 목소리는 갑자기 얼음장처럼 차갑게 변했다.

당황한 진풍이 모기만 한 목소리로 대답하고 나서야, 다시 웃음을 머금은 어머니는 손을 꼭 움켜쥐셨다.

"우리 진풍이는 손도 어찌 이리 사내답게 두툼할까?"

"그야…… 영재니까요."

예전에 '대체 누굴 닮아서 손도 이리 못생겼을까?' 하고 구박하던 어머니의 기억이 떠올랐다.

그렇지만, 진풍은 눈치 빠르게 어머니가 원하시던 대답을 꺼냈다.

"그래, 이 엄마는 진풍이만 믿는다."

"네!"

"우리 백화장의 미래가 너의 양어깨에 달려 있다는 것을 잊어서는 안 돼."

대체 뭘 보고 자신을 믿는다는 것인지 알 수 없었지만, 진풍은 이번에도 눈치 빠르게 대꾸했다.

"저만 믿으세요. 전 영재…… 아니, 기재니까요."

어머니의 손에 이끌려 후원에 위치한 연무장으로 향했다.

후원에 위치한 연무장은 원래 형이 매일 수련하던 장소였다.

하지만 형은 연무장에 보이지 않았고, 진풍은 걱정이 돼서 물었다.

"형은 앞으로 어디서 무공을 수련해요?"

"순풍이, 그 한량 같은 놈은 이제 무공을 익힐 필요가 없단다."

"왜요?"

"우리 집안의 희망은 너뿐이거든."

진풍이 작게 한숨을 내쉬었다.

마침내 한량이라는 꿈을 이루고 방에 드러누운 채 환하게 웃고 있을 형의 얼굴이 떠오르자, 너무 부럽다는 생각이 들었다.

그렇지만 현실은 냉정했다.

진풍이 형의 뒤를 이어 한량이라는 꿈을 이루기는 요원해 보였다.

미리 도착해서 기다리고 있는 청해삼절 때문이라도.

"기다리게 해서 죄송합니다. 이 아이가 바로 진풍입니다. 뭐하느냐? 어서 세 분 스승님들에게 인사드리지 않고."

어머니의 재촉을 듣고 진풍이 고개를 들어서 세 명의 중년인들을 살펴보았다.

아주 엄하고 무서운 분들이라는 어머니의 말씀과 달리, 세 명의 중년인들은 모두 인자한 미소를 머금은 채 뒷짐을 지고 서 있었다.

"서진풍이에요."

그리고 진풍의 인사가 끝나자 더욱 푸근한 미소를 지어 주었다.

"앞으로 잘 부탁드립니다."

"여부가 있겠습니까? 저희만 믿고 맡겨 주십시오."

"호호. 뭐든지 필요한 것이 있으면 말씀만 하세요."

"딱히 필요한 것은 없지만 한 가지만 지켜 주셨으면 합니다."

"무엇입니까?"

"앞으로 이 아이가 수련을 하게 될 이 후원에는 어느 누구도 출입하지 못 하게 해 주십시오."

"알겠습니다."

"그건 부인도 마찬가지입니다."

"저도 와서는 안 됩니까?"

"이 아이에게 전수할 것은 저희 청해삼절이 평생을 걸쳐 얻은 심득들입니다. 함부로 남에게 보여 줄 수는 없는 노릇이지요."

"그건…… 알겠습니다."

가슴까지 수염을 기른 관유정과 대화를 나누던 어머니는 아버지와 대화를 나눌 때와는 달리 너무 쉽게 고집을 꺾고 물러났다.

그것이 신기해서 가만히 지켜보던 진풍의 침을 꿀꺽 삼켰다.

잘 부탁한다고 몇 번이나 신신당부하던 어머니가 사라지자마자, 청해삼절의 입가에 머물러 있던 웃음이 사라졌다.

잔뜩 얼굴을 찌푸린 채 마치 약속이라도 한 듯 한숨을 푹푹 내쉬고 있었다.

그런 청해삼절의 눈치를 살피던 진풍이 머리를 긁적일 때였다.

"네가 영재라고?"

왼쪽 눈 아래에 손톱만 한 커다란 점이 있는 유도강이 인상을 쓴 채 물었다.

"아니요."

"흥, 다행히 주제는 아는군."

"전 기재예요."

"기재?"

"어머니가…… 그랬어요."

진풍의 대답이 끝나자마자 청해삼절의 표정이 일제히 험악하게 변했다.

그 이유를 몰라 당황한 진풍이 다시 눈치를 살필 때였다.

"저 아이가 기재라면 경구는 고금을 통틀어 최고의 기재겠군."

관유정이 한심한 눈초리로 바라보며 한마디 쏘아붙였다.

"청해에 그만한 기재가 있습니까?"

"대체 경구가 누굽니까?"

"우리 집 식은 밥을 빌어먹는 어린 거지 놈이 있네. 어릴 적에 열병을 앓아서 살짝 정신이 이상해졌지."

진풍이 듣지 못 하도록 조곤조곤 이야기를 나누는 청해삼절의 목소리는 작았다.

그렇지만 진풍은 그들의 예상보다 훨씬 귀가 밝았다.

진풍은 청해삼절의 대화 중에 나온 경구라는 이름을 기억 속 깊은 곳에 담아 두었다.

고금 제일의 기재라니 꼭 한 번 만나 보고 싶다는 생각을 하면서.

꿔다 놓은 보릿자루처럼 서 있는 진풍을 내버려 둔 채, 청해삼절은 갑론을박을 벌이기 시작했다.

"이제 어떻게 하실 생각입니까?"

유도강이 힐책하듯 꺼낸 말을 듣던 관유정은 불쾌한 기색을 감추지 않았다.

"그걸 왜 내게 따지는가?"

"이게 다 형님 때문에 벌어진 일 아닙니까?"

"그게 무슨 소리인가?"

"저는 형님께서 백 년에 한번 나올까 말까 한 기재라고 인정했다는 그 말만 믿고 제안을 덥석 수락했으니까요."

"그걸 꼭 내 탓이라고 할 수 있는가? 굳이 따진다면 저 아이를 직접 눈으로 확인하지 않고 함부로 수락한 아우의 책임이 더 크지."

관유정과 유도강이 서로 네 탓 공방을 펼치고 있을 때, 허도식이 둘 사이의 중재를 위해 나섰다.

"지금 누구 잘못이 더 큰가를 따질 때가 아닙니다. 무림맹 영재 발굴 대회까지 남은 기간은 고작 오 개월에 불과합니다. 이럴 시간이 없습니다."

"그건 막내의 말이 맞군."

"크흠."

허도식이 중재를 위해 꺼낸 말은 효과가 있었다.

당장이라도 의형제의 연을 끊을 듯한 기세로 맹렬하게 서로 네 탓 공방을 펼치고 있던 관유정과 유도강이 동시에 입을 다물었으니까.

하지만 그뿐이었다.

허도식이라고 해서 마땅한 방법이 있는 것은 아니었다.

"어쩌다 이리 골치 아픈 일을 떠맡았단 말인가?"

관유정의 탄식을 끝으로 잠시 답답한 침묵의 시간이 흐른 후, 허도식이 슬그머니 입을 뗐다.

"혹시 강북회라고 들어 보셨습니까?"

"강북회? 그새 강북의 단체들이 연합이라도 했는가?"

유도강이 금시초문이라는 표정을 지은 채 되물었다.

"강남회라면 얼핏 들어 본 적이 있네. 강북의 단체들과 마찬가지로 강남의 단체들도 연합을 했는가 보군. 머지않아 무림에 큰 싸움이 벌어지겠군."

관유정 역시 심각한 표정으로 덧붙였지만, 정작 질문을 던졌던 허도식은 답답하다는 표정으로 두 사람을 번갈아 바라보았다.

"계모임입니다."

"계모임?"

"강남과 강북의 단체들이 모두 참여할 정도로 엄청난 계모임이 탄생했단 말인가? 대체 계주가 누군가? 설마 무림맹주인가?"

허도식이 짤막한 설명을 덧붙였음에도 불구하고, 유도강과 관유정은 여전히 사태파악을 하지 못 했다.

결국 허도식이 다시 나서서 좀 더 자세히 설명했다.

"강남회는 현재 청해에서 꽤 잘나가는 집안의 안주인들이 모여서 만든 계모임입니다. 백화장의 안주인인 서문화경도 이 강남회의 일원이지요. 그리고 강북회는 강남회보다는 조금 형편이 떨어지는 집안의 안주인들이 모여 결성한 계모임입니다. 제가 알아본 바로는 한 달에 두 번 정도 정기적으로 객잔에서 모임을 가지고 있답니다. 그리고 식사를 겸한 그 모임에서는 수많은 정보가 오가고 있다고 합니다."

관유정과 유도강에게는 금시초문인 이야기였다.

그래서 두 눈을 껌벅이고만 있을 때, 허도식이 이번에는 질문을 던졌다.

"강호에서 가장 정보력이 뛰어난 곳이 어디라고 생각하십니까?"

"그야 당연히 개방이지."

"하오문도 무시할 수 없습니다."

관유정과 유도강은 각기 다른 대답을 꺼냈다.

하지만 틀린 답은 아니었다.

개방과 하오문은 정보력이라는 면에서는 우열을 가리기 어려울 정도로 독보적이라고 알려진 두 단체였으니까.

"물론 개방과 하오문의 정보력이 대단하긴 하지만, 강남회와 강북회의 정보력도 무시할 수 없습니다."

"치맛바람이나 일으키는 아낙네들이 모인 계모임이 개방과 하오문에 필적할 정도의 정보력을 갖추고 있다는 게 말이 되는가?"

"믿기 어렵지만 틀림없는 사실입니다."

"난 도무지 못 믿겠군."

관유정이 의심스런 눈초리를 던지는 것을 확인한, 허도식은 부연 설명을 덧붙였다.

"큰형님께서 염왕채에서 돈을 끌어 쓴 것을 알아낸 것도 강남회였습니다."

"그건······."

"그게 다가 아닙니다. 강남회에서는 큰형님께서 염왕채에 지고 있는 빚의 정확한 액수와 연체 일자, 심지어 형님이 염왕채 몰래 **빼돌려** 놓은 재산 내역까지도 정확하게 오갈 정도라고 합니다."

"설마?"

"하남성에 마련해 두신 집이 있지요?"

"아니, 예전에 하남성에 몰래 마련해 둔 집의 명의를 믿을 수 있는 오랜 친우의 명의로 몰래 바꾸어 놓은 것은 마누라와 자식 놈에게도 비밀로 한 것인데 대체 어찌 알고 있단 말인가?"

관유정이 기가 막힌 표정을 지었다.

하지만 허도식은 아직 이게 다가 아니라며 덧붙였다.

"특히나 자식의 교육에 관련된 것이라면 물불을 가리지 않는 엄청난 열성을 보인다고 합니다. 그 열성은 이미 소문이 나서 강호에서는 우스갯소리로 치맛바람 신공이라는 농담도 오갈 정도입니다."

"치맛바람 신공이라······ 누가 이름을 붙였는지는 몰라도 제대로 붙였군."

유도강이 피식 웃으며 말했지만, 아직 허도식의 이야기는 끝난 것이 아니었다.

그리고 진짜 중요한 이야기는 지금부터였다.

"들리는 소문으로는 강북회에서 무림맹 영재 발굴 대회를 대비해서 청해삼괴를 무공 선생으로 초빙했다고 합니다."

"청해삼괴? 확실한가?"

"강남회에서 흘러나온 정보입니다."

"흐음."

관유정과 유도강이 동시에 답답한 탄식을 내뱉었다.

청해삼괴는 청해삼절과 함께 청해성을 대표하는 무인들을 꼽으면 꼭 함께 거론되는 이들이었다.

그리고 청해삼절은 청해삼괴를 싫어했다.

협을 추구하는 정파에 적을 두고 있는 청해삼절과 달리 청해삼괴는 기행을 일삼기로 유명해 정사마 어디에도 속하지 않은 야인 같은 자들.

감히 그런 야인 같은 자들과 비교되는 것 자체가 불쾌했기 때문이었다.

"왜지? 그동안 청해삼괴는 어지간한 일이 아니면 세상에 모습조차 드러내지 않았는데 왜 나선 거지?"

"빤한 것 아니겠습니까? 돈 때문이지요."

"돈이라고?"

"이번 무림맹 영재 발굴 대회를 계기로 강남회와 강북회 사이에 신경전과 자존심 대결이 극에 치달았다고 합니다. 아마 강북회도 지지 않기 위해서 청해삼괴에 엄청난 액수의 돈을 제시했을 겁니다."

허도식의 설명은 그럴듯했다.

그래서 자신도 모르는 사이 고개를 끄덕였지만, 관유정으로서는 여전히 이해가 가지 않는 것이 있었다.

"그런데 무림맹에서 주최하는 영재 발굴 대회라는 그럴듯한 명칭이 붙어 있긴 하지만 결국은 애들 재롱잔치가 아닌가? 대체 이런 애들 장난에 이렇게 많은 돈을 쏟아붓는 이유가 뭐란 말인가?"

"그런 소리 하지 마십시오. 이제 세상이 변했습니다."

"세상이 변했다니. 그게 무슨 말인가?"

허도식이 다시 열변을 토해 내기 시작했다.

"요즘 오십 년 묵은 하수오가 암시장에서 얼마에 거래되고 있는지 아십니까?"

미처 예상치 못 했던 질문이었기에 관유정이 잠시 생각에 잠겼다.

원래 대부분의 영약이 그러하듯 하수오도 연수가 높을수록 좋은 것이었다.

실제로 하수오의 꽃이라고 불리는 만년하수오의 가치는 엄청났다.

만년하수오와 성 하나를 바꿀 수 있다는 말이 괜히 나왔을까.

하지만 만년하수오는 이야기 책 속에서나 나오는 영약.

천년하수오만 해도 대단한 영약으로 취급받으며 엄청난 가격에 거래되었다.

그리고 백 년 정도 된 하수오도 그럭저럭 괜찮은 가격에 팔렸다.

하지만 고작 오십 년밖에 되지 않은 하수오라면 이야기가 달라졌다.

오십 년 묵은 하수오의 효능은 별것 없었다.

기껏해야 고뿔이나 신경통 같은 가벼운 병치레에 효과가 있는 게 전부.

그러니 가격이 폭락하는 게 당연했다.

"은자 열 냥 정도 아닌가?"

"그건 옛날 얘기입니다."

"그새 좀 올랐나?"

"놀라지 마십시오. 요즘 오십 년 묵은 하수오의 거래 가격은 최소 은자 오십 냥을 호가합니다."

"은자 오십 냥이라고?"

"하지만 실제로 은자 오십 냥을 내고 오십 년 묵은 하수오를 구하려고 해도 하늘의 별따기입니다. 물량이 딸리기 때문이지요."

"어쩌다 그리되었나?"

"영약의 가격을 이리 비싸게 만든 것이 바로 곳곳에서 치맛바람을 일으키고 있는 아낙네들입니다. 돈이 없어 굶어 죽는 한이 있더라도 자기 자식에게 조금이라도 좋은 것을 먹이겠다는 욕심이 그만큼 크다는 뜻이지요."

허도식의 긴 설명이 끝났다.

그리고 그 설명을 모두 들은 관유정과 유도강은 지금 상황이 자신들의 생각처럼 간단치 않다는 사실을 깨달았다.

　"이거 큰일이로군."

　"보통 문제가 아닙니다."

　"어쩌면 이번 일로 인해서 저희 청해삼절이 지금껏 쌓아 온 명성에 커다란 흠을 남길지도 모르겠습니다."

　하지만 마땅한 방법이 떠오르는 것은 아니었다.

　바닥에 굴리면 공처럼 데굴데굴 굴러갈 정도로 뒤룩뒤룩 살이 찐 진풍이 바보처럼 웃고 있는 모습은 그들의 가슴을 답답하게 만들기에 충분했다.

　"뱉어 낼까?"

　관유정이 진중한 표정으로 제안했다.

　"이미 늦은 것 아닙니까?"

　"왜?"

　"선금으로 받아서 염왕채에 진 빚을 해결하지 않았습니까?"

　"다시 돌려 달라고 하면……."

　"염왕채가 얼마나 지독한 놈들인지 아시지 않습니까? 수중에 들어온 돈을 다시 내줄 놈들이 절대 아닙니다."

　관유정이 미간을 잔뜩 찌푸린 채로 고개를 끄덕였다.

　"겁도 없이 염왕채를 끌어 쓴 내 잘못이지 누굴 탓할까?"

　스스로를 자책하던 관유정이 애꿎은 진풍을 노려보았다.

"갑갑하구만."

그리고 땅이 꺼져라 깊은 한숨을 내쉬었다.

진풍이 눈동자를 이리저리 굴리며 고민했다.

아무리 생각해도 잘못한 것이 떠오르지 않았다.

그런데 청해삼절의 표정이 심상치가 않았다.

처음 어머니와 함께 만났을 때 청해삼절이 짓고 있었던 온화한 표정은 가식이었던 것이 틀림없었다.

어머니가 사라지고 난 후, 청해삼절은 단 한 번도 찌푸린 미간을 펴지 않았다.

그리고 허락도 받지 않고 온몸을 어루만지면서 상의를 거듭했다.

"가능할까?"

"살다살다 이런 몸은 처음입니다."

"단 한 점의 근육도 찾아볼 수 없습니다."

"일단 살부터 빼야겠지?"

"죽어라 굴려서 살을 빼게 만들어서 간신히 사람처럼 보일 때가 되면, 오 개월은 훌쩍 흘러 버릴 겁니다."

"그리고 그때는 무림맹 영재 발굴 대회가 시작되겠지요."

청해삼절은 약속이라도 한 것처럼 땅이 꺼져라 한숨을 내쉬었다.

답이 나오지 않는 논의.

이내 흥미를 잃은 진풍이 지겨워서 하품을 하고 있는 사이에도 청해삼절의 대화는 계속해서 이어졌다.

"내게 방법이 있네."

"어떤 방법입니까?"

"역시 큰형님이십니다. 이런 절망적인 상황에서 대체 어떤 방법을 찾아내신 겁니까?"

잔뜩 기대하고 있는 유도강과 허도식을 바라보며 관유정이 어렵게 입을 뗐다.

"진원진기를 사용하는 심법을 전수하세."

"진심이십니까?"

"그건 너무 가혹하지 않습니까?"

진풍이 하품을 마치고 청해삼절의 표정을 살폈다.

조금 전까지 절망적인 표정을 짓고 있던 청해삼절의 표정이 희망으로 부풀었다가 이내 경악으로 물들어 있었다.

"그럼 다른 방법이 있는가?"

"그건……."

"하지만 이 어린아이의 진원진기를 손상시킨다면 다시는 무공을 익히지 못할 수도 있습니다. 아니, 잘못하면 죽을 수도 있습니다."

"우리에게 남은 시간은 고작 오 개월. 다른 방법이 있는가?"

"그야……."

"우리에겐 선택의 여지가 없어. 평생을 공들여 힘겹게 쌓아 올린 우리의 명성이 고작 이 아이 때문에 크게 실추가 될

지도 모르는 상황이야. 난 그걸 절대 용납할 수 없네."

"그렇긴 하지요."

"휴우."

"그리고 죽고 사는 것은 하늘에 달린 것. 이 아이가 꼭 죽는다는 보장도 없지 않은가?"

"그렇긴 한데……."

"그래도…… 이건 너무 가혹한 게 아닐까요?"

대체 무슨 이야기를 나누고 있는지 진풍으로서는 알아들을 수 없었다.

다만 청해삼절의 분위기가 바뀐 것은 알 수 있었다.

좀 전까지만 해도 연신 한숨을 내쉬며 자신을 노려보던 청해삼절이 지금은 측은한 눈빛으로 자신을 바라보고 있었다.

"넌 뭐가 하고 싶으냐?"

잠시 뒤, 허도식이 부드러운 목소리로 물었다.

"그…… 게요."

반사적으로 한량이라는 대답이 튀어나올 뻔했지만, 관유정과 유도강의 눈치를 살피며 진풍이 망설일 때였다.

"괜찮으니 말해 보거라."

"저는…… 저는……."

"어허, 괜찮다니까."

"당과가 먹고 싶어요."

진풍이 눈을 질끈 감고서 소리쳤다.

그리고 혼이 날 것을 각오하고 슬그머니 눈을 떴지만, 허도식은 화를 내지 않았다.

진풍의 머리를 부드럽게 쓰다듬으며 말했다.

"아주 배가 터지도록 먹여 주마!"

●

눈을 뜨는 시간은 묘시.

주변 사물이 하나도 보이지 않을 정도로 사방이 깜깜할 때, 비몽사몽 간에 연무장에 끌려 나간다.

정신을 차릴 틈도 없이 큰일을 볼 때와 비슷한 엉거주춤한 자세.

어머니의 표현으로는 마보 자세로 약 한 시진을 서 있는다.

온몸이 땀으로 흠뻑 젖을 때쯤 되면 방으로 돌아가 일각 안에 후다닥 아침을 먹고, 다시 연무장에서 마보 자세를 취한다.

또다시 한 시진쯤 흘러 다리가 후들거리기 시작할 때쯤 되면, 이번에는 발목에 무거운 추를 달고 무턱대고 연무장을 빙빙 돌며 달리기 시작한다.

그렇게 달리다가 결국 다리에 쥐가 나서 드러누우면 그 자세로 노랗게 보이는 하늘을 보며 주먹밥을 먹는다.

그리고 미처 소화가 되기도 전에 물구나무를 선다.

점심으로 먹은 주먹밥이 역류해서 다시 입으로 튀어나오려 할 때쯤 되면, 마보 자세를 취한다.

아까와 다른 것은 이번에는 팔에 무거운 쇠로 만든 팔찌 같은 것을 차고 있다는 것이다.

후들거리던 팔이 빠질 즈음이 되면 팔에는 팔찌, 다리에는 추를 달고 다시 연무장을 빙빙 돌며 달린다.

그러다 지쳐서 바닥에 쓰러지면 파랗던 하늘은 온데간데 사라지고 까맣게 변한 밤하늘에는 별이 초롱초롱 빛나고 있다.

아쉽게도 저녁은 없다.

허기진 배를 물로 채우고 이젠 때려 죽어도 더 못 움직인다고 생각하지만, 어느새 다시 마보 자세를 취하고 있다.

도저히 견디지 못 하고 그렇게 선 채로 잠드는 시각은 축시.

이게 쳇바퀴처럼 돌아가던 진풍의 하루 일과였다.

"그런데 왜 이렇게 서 있어야 해요?"

진풍도 호기심은 있었다.

그래서 어머니께 몇 번 질문을 던진 적도 있었다.

그때, 어머니는 무척 당황한 기색으로 대답하셨다.

"모두 마보 자세로 서 있다고 하더구나."

"그럼 다른 애들도 팔찌를 해요?"

"아마 그럴걸."

"발목에 무거운 추도 달고 연무장을 달려요?"

"그렇다니까."

"왜요?"

"그건 나도 모른다니까. 하지만 다른 애들이 다 하는데 너만 안 할 수는 없지 않겠어? 그러다간 다른 애들보다 뒤처질지도 몰라."

어머니는 별로 아는 것이 없었다.

그렇지만 항상 같은 말로 마무리하셨다.

"난 우리 진풍이가 다른 아이들보다 뒤처지는 것은 견딜 수가 없어. 다른 아이들이 두 시진을 자면 넌 한 시진만 자고, 다른 아이들이 반 근짜리 추를 발목에 달고 달리면, 넌 한 근짜리 추를 달고 달려야 해. 비록 지금은 많이 힘들고 이 에미가 원망스럽겠지만, 나중에는 틀림없이 고마워하게 될 거야. 그러니까 다른 생각 하지 말고 열심히만 하면 돼. 이 에미가 패물을 팔아서라도 네 뒷바라지는 최고로 해 줄 테니까."

진풍은 별생각이 없었다.

어머니의 말씀을 들어도 감흥을 느끼지도 못 했고, 대체 왜 해야 하는지도 모른 채 그냥 시키는 대로 할 뿐이었다.

그리고 그 말이 끝나고 정확히 사흘 뒤에 청해삼절을 만났다.

이제부터가 진짜 고난과 역경의 시작일 것이라고 바짝 긴장하고 있었지만, 진풍의 예상은 보기 좋게 빗나갔다.

'이래도 되나?'

그런 생각이 절로 들 정도로 청해삼절은 아무것도 시키지 않았다.

해가 중천에 떠오를 때까지 실컷 자다 일어나도 잔소리를 하지 않았고, 당과를 쪽쪽 빨면서 방에서 뒹굴거려도 아무것도 시키지 않았다.

그러다 보니 오히려 불안해졌다.

그래서 후원으로 나가서 시키지도 않은 마보 자세를 취하고 있자, 관유정이 다가와 팔에 채워져 있는 쇳덩이를 보고 물었다.

"이건 무엇이냐?"

"팔찌요."

"사내놈이 팔찌는 왜 하고 있느냐?"

"몰라요."

"몰라?"

"어머니가 채워 주셨어요. 다른 아이들도 다 이런 걸 차고 있대요."

관유정이 진풍의 양 팔목에 채워져 있던 팔찌를 풀었다.

그리고 발에 채워져 있던 추도 풀었다.

그 팔찌와 추를 양손에 들고서 무게를 가늠하고 있던 관유정이 미간을 찌푸렸다.

"쯧쯧, 선무당이 사람을 잡는다더니. 지금이 어떤 시대인데 누가 이런 구시대적인 방법을 쓴단 말이냐? 이렇게 무거운 것을 차고 있다가는 손목과 발목의 근육과 인대가 상한다는 것도 모르고 그저 욕심에 눈이 멀어 무거운 것만 차고 있으면 좋다고 여겼겠지. 앞으로 이런 건 할 필요가 없다."

관유정은 팔찌와 무거운 추를 다시는 찾을 수 없을 정도로 멀리 던져 버렸다.

그동안 팔목과 발목에 차고 있던 무거운 팔찌와 추가 사라지자 몸이 이전과 비교할 수 없이 가벼워졌다.

흥이 나서 다시 마보 자세를 취하고 있을 때, 이번에는 유도강이 대뜸 인상을 쓰면서 나타났다.

"너 몇 살이냐?"

"여덟 살요!"

"여덟?"

"그런데?"

"네?"

"볼일을 보려면 뒷간에 가야 할 것이 아니냐?"

"그런 게 아닌데요."

"설마 그 요상한 자세로 서 있으면서 마보를 취하고 있었다고 말하려는 것은 아니겠지? 쓸데없는 짓을 하려거든 방에 들어가서 잠이나 더 자거라. 그런 자세로 서 있다가 다시 내 눈에 띄면 경을 칠 테니 조심하거라."

유도강은 머뭇거리고 있는 진풍을 손수 들어서 방까지 옮겨 준 것으로 모자라 이불까지 펴 주었다.

"쯧쯧, 어린 네게 무슨 잘못이 있을까? 다 부모를 잘못 만난 탓이지."

그리고 안쓰러운 눈빛으로 바라보며 머리를 쓰다듬어 준 다음에야 나갔다.

생각보다 따뜻하던 그 손길을 느끼며 진풍은 생각했다.

무섭게 생기긴 했지만 유도강도 그리 나쁜 사람은 아니라고.

하지만 역시 가장 착한 사람은 허도식이었다.

허도식은 약속을 지켰다.

당과를 가져와 방 한구석에 수북하게 쌓아 놓았다.

당과의 유혹을 더 참지 못 한 진풍이 당과를 입속에 넣고 살살 녹여 먹고 있을 때, 허도식이 측은하게 바라보며 말했다.

"먹고 싶은 거라도 실컷 먹거라. 잘 먹고 죽은 귀신은 때깔도 좋다고 하니."

귀신이 어쩌고저쩌고 하는 소리가 들렸지만, 이미 진풍의 모든 관심은 당과에 쏠려 있는 상황이었다.

오래간만에 다시 만난 신비의 음식인 당과는 달콤하기 그지없었다.

4장
잠력격발술

시간은 쏜살같이 흘러갔다.

당과를 입에 넣고 우물거리다 잠이 들고, 더 이상 잠이 오지 않을 때까지 실컷 자고 눈을 뜨자마자 당과를 입속에 밀어 넣었다.

볼일을 볼 때를 제외하면 아예 방 밖으로 나가지 않았다.

그렇게 넉 달이란 시간이 훌쩍 흘러갔을 즈음, 불쑥 불안감이 치밀었다.

"대회가 이제 한 달도 안 남았는데."

청해삼절은 정말 아무것도 가르쳐 주지 않았다.

물론 어머니의 간섭에서 벗어나서 자유롭게 지낸 시간이 나쁘지는 않았지만, 무언가 잘못되었다는 생각이 들었다.

그래서 결국 진풍이 먼저 청해삼절을 찾아갔다.

"저기요."

평상 위에 한가롭게 앉아서 술을 마시고 있던 청해삼절은 환한 웃음을 지은 채 진풍을 맞이했다.

"무슨 일이냐? 당과가 다 떨어졌느냐?"

"그건 아닌데요."

"그럼 술이라도 한잔할 테냐?"

"술이 당과보다 맛있어요?"

"아니, 꽤 쓰다."

"써요?"

"쓴 맛에 마시는 게 술이니까. 이 좋은 것도 맛보지 못하고 가면 저승에 가서도 억울할 테니 너도 한잔 받거라."

정말 술잔을 건네는 유도강에게 황급히 손사래를 쳤다.

그리고 관유정에게 물었다.

"저 매일 이래도 돼요?"

"응?"

"그러니까 이렇게 아무것도 안 하고 매일 놀기만 해도 돼요?"

"왜? 노는 게 지겨우냐?"

"그건 아닌데…… 좀 불안해서요."

"원래 애들은 놀아야 해."

관유정이 잘라 말했다.

"그렇게 멍하니 있을 시간이 어디 있어? 지금이 얼마나

중요한 시기인지 몰라? 어서 집중하지 못 해?"

  그리고 관유정의 이야기는 어머니가 늘 하시던 말씀과는
너무 달라서 진풍은 혼란스러울 지경이었다.
  "이제 대회가 진짜 얼마 안 남았는데……."
  "걱정되냐?"
  "조금요. 무슨 연습이라도 좀 해야 되는 게 아닌가 싶기
도 하고."
  "연습? 그딴 것은 필요 없다."
  "왜요?"
  "백날 연습해 봐야 아무 소용없다. 실전이 중요하지."
  관유정의 이야기는 그럴듯했다.
  하지만 진풍의 불안감은 완전히 사라지지 않았다.
  그래서 멀뚱히 서 있자 관유정이 한숨을 내쉬며 설명했
다.
  "무림맹주가 대체 왜 이런 쓸데없는 대회를 열어서 너와
우리를 괴롭히는지 여전히 이해가 가진 않지만, 무림맹 영
재 발굴 대회에 대해서 간단히 설명해 주마. 우선 무림맹
영재 발굴 대회에는 예선과 본선이 있다. 그러니까 청해성
지역에서 열리는 예선을 통과해야지만 무림맹에서 열리는
본선에 참가할 수 있는 거지."
  "예선에서는 몇 명을 뽑는데요?"
  "청해성에서는 한 명."

"그럼 예선에는 몇 명이나 참가하는데요?"

"글쎄…… 확실히는 모르겠지만 한, 천 명 정도."

진풍이 침을 꼴깍 삼켰다.

다시 말해서 청해성 지역 예선에 참가하는 천 명의 아이들 중에서 딱 한 명만 본선에 진출한다는 뜻이었다.

"본선에 올라가면 각 성의 예선을 통과하고 올라온 서른 명의 영재들이 우승을 놓고 자웅을 다툰다. 그 서른 명 중에서 십 등 안에 들면 무림맹의 전폭적인 지원 아래 최고의 후기지수가 될 수 있는 기회를 열어 준다고 하더구나."

관유정은 본선에 오른 후의 상황까지 자세하게 설명했지만, 그게 진풍의 귀에 제대로 들릴 리 없었다.

진풍의 모든 신경은 이미 천 명 중에 한 명만 뽑는다는 예선에 모조리 쏠려 있었으니까.

"제가 예선을 통과할 수 있을까요?"

"물론 쉽지는 않겠지만, 아예 불가능하지도 않다."

"정말요?"

"우리를 믿거라. 내일부터 우리가 전수해 주는 심법을 익히면 청해성 예선 정도는 간단히 통과할 수 있다."

관유정은 장담했고 지금의 진풍으로서는 그것을 믿을 수밖에 없었다.

"심법이 뭔데요?"

그래서 진풍이 천진난만한 표정으로 묻자, 관유정은 화를 내는 기색도 없이 친절하게 대답해 주었다.

"진기를 움직이는 법이다."

"저한테 진기가 있어요?"

"사람에게는 누구나 진기가 있다."

"그래요?"

"네가 익힐 심법의 이름은 잠력격발술이다."

뭔가 그럴듯한 이름.

진풍의 진원진기는 물론 아직 제대로 펼쳐 보지도 못 한 인생마저 갉아먹을 몹쓸 심법이었지만, 그걸 알 리 없는 진풍은 웃으며 고개를 끄덕였다.

그리고 시간은 다시 속절없이 흘러갔다.

마침내 무림맹 영재 발굴 대회의 청해성 예선이 펼쳐지는 날의 아침이 밝았다.

☯

"오줌 마려운 강아지처럼 왜 자꾸 몸을 배배 꼬고 다리를 떨고 그래요? 제발 부탁인데 가만히 좀 있어요."

서문화경이 잠시도 가만히 있지 않고 안절부절 못 하고 있는 서만석의 허벅지를 꼬집으며 버럭 소리를 질렀다.

그 핀잔에도 불구하고 서만석은 계속해서 다리를 떨면서 대꾸했다.

"내가 어찌 가만히 있을 수 있겠소? 수백 년을 이어 온 백화장의 운명이 오늘로 끝장날지도 모르는데."

"무슨 말도 안 되는 소릴 하는 거예요? 수백 년간 간신히 망하지 않고 버텨 온 백화장이 오늘을 기점으로 다시 도약을 시작하게 될 거예요."

"당신은 참 낙천적이어서 좋겠소."

"전에도 말했지만 난 우리 진풍이의 재능을 믿는 거예요."

"내가 가장 걱정하는 이유도 다른 사람도 아닌 진풍이에게 우리 백화장의 운명을 맡겼다는 것 때문이오."

서만석이 슬쩍 비꼬았지만 서문화경은 대꾸도 하지 않았다.

어느새 자리에서 벌떡 일어나서 무림맹 영재 발굴 대회 청해성 예선에 참가하기 위해 몰려든 천 명에 가까운 아이들 틈에서 진풍이를 찾는 데 혈안이 되어 있었다.

"우리 진풍이가 보여요."

"어디 있소?"

"저기 안 보여요? 수많은 아이들 틈에 섞여 있어도 우리 진풍이는 한눈에 띄잖아요."

머리 위로 두 손을 들어 올려 크게 흔들며 흥분하고 있는 서문화경을 슬쩍 바라본 서만석이 시큰둥하게 대꾸했다.

"그 말은 맞구려. 수많은 아이들 틈에 섞여 있어도 진풍이처럼 뚱뚱한 아이는 찾아볼 수가 없구려."

"저 압도적인 존재감. 역시 우리 진풍이는 역시 백 년에 한번 나올까 말까 한 기재예요."

"저 압도적인 뚱뚱함, 당신 말대로 백 년에 한번 나올까 말까이긴 하구려."

초조한 마음에 한껏 비꼬던 서만석은 서문화경의 매서운 눈초리를 받고서 찔끔하며 입을 다물었다.

"우리 진풍이가 저 아이들을 모두 제치고 예선을 통과할 거예요."

"그랬으면 얼마나 좋겠소?"

"두고 봐요. 내 말이 틀리지 않았다는 것을 알게 될 테니까."

서만석과 서문화경이 다투는 사이 무림맹 청해 지부에서 열리는 제 일 회 무림맹 영재 발굴 대회 예선의 막이 올랐다.

수군수군.

긴장한 기색이 역력한 표정으로 예선에 참가하기 위해 모여 있던 아이들이 술렁이기 시작했다.

"예선 첫 번째 관문은 이 대리석을 깨는 것이다."

족히 두 치가 넘을 것 같은 두툼한 대리석을 본 대부분의 아이들의 얼굴에는 주눅이 들어 있었다.

그것은 진풍도 마찬가지였다.

첫 번째 예전 관문이 대리석 깨기라는 것을 청해삼절에게서 미리 언질을 받았다.

그렇지만 실제로 두께가 세 치는 됨직 한 두터운 대리석을 눈으로 직접 확인하고 나자 주눅이 드는 것은 어쩔 수 없었다.

수십 명이 넘는 아이들이 시도했지만, 저 두터운 대리석을 주먹으로 깬 아이는 아직 한 명도 없었다.

대리석은 여전히 멀쩡했고, 대리석을 때린 아이들의 작은 주먹만 깨졌다.

심지어 지레 겁을 집어먹고 포기해 버리는 아이들도 속출했다.

아직 단 한 명의 아이들도 성공하지 못 한 채로 시간은 속절없이 흐르고, 드디어 진풍의 차례가 돌아왔다.

"너도 시도할 생각이냐?"

근육이라고는 찾아볼 수 없는 압도적으로 뚱뚱한 진풍을 힐끗 살핀 심사관이 비웃음을 던지며 물었다.

"물론이죠."

"괜히 손만 아플 테니 그냥 포기하는 것이 어떠냐?"

잔뜩 긴장한 채 뚫어져라 대리석을 노려보고 있는 진풍을 향해 심사관이 재차 제안했지만, 진풍은 고개를 흔들었다.

"포기 안 해요. 전 이번 예선을 위해서 특별 맞춤 과외까지 받았거든요."

진풍이 꺼낸 말뜻을 알아듣지 못 한 심사관이 바라볼 때, 품속으로 손을 넣은 진풍이 당과를 꺼내 습관처럼 입속으로 밀어 넣었다.

"그게 무엇이냐?"

그런 진풍을 노려보던 심사관이 두 눈을 가늘게 떴다.

"왜요?"

"지금 네가 복용한 것이 혹시 금지 약물이 아니더냐?"

"금지 약물은 또 뭔데요?"

"순간 내력격발제, 또는 순간 근육강화제 같은 약들이 시중에 나돌아 다닌다고 하든데, 지금 네가 그걸 복용한 것이 아닌가 해서 묻는 것이다."

심사관의 표정은 심각했지만, 진풍은 코웃음을 쳤다.

"그냥 당과거든요."

그래도 영 믿지 못 하겠다는 표정을 짓고 있던 심사관에게 진풍이 아까워 죽겠다는 표정을 감추지 않은 채 당과를 건넸다.

손때가 잔뜩 묻은 당과를 직접 맛 본 후에야 심사관은 겨우 믿는 기색이었다.

헛기침을 하고 있는 심사관에게서 시선을 뗀 진풍이 당과를 우물거리며 대리석을 유심히 살폈다.

그리고 관유정과 나누었던 대화를 떠올렸다.

"예선 첫 번째 관문은 아마 송판 격파나 대리석 격파가 될 것이다. 천 명이 넘게 몰릴 예선 참가자들을 한 번에 걸러야 할 테니 대리석 격파가 될 가능성이 농후하지. 대리석이 꽤나 두터울 테지만 기죽을 것은 전혀 없다. 결국 중요한 것은 요령이다. 지금부터 내가 첫 번째 관문을 통과할 수 있는 비법을 전수해 주마."

"그 비법이 뭔데요?"

"우선 가장 중요한 것은 순서다."

"순서요?"

"그래, 쉽게 말해 줄을 잘 서야 한다는 것이지."

"아!"

"내 짐작이 틀리지 않다면 누군가 대리석을 격파하기 전 까지는 같은 대리석을 계속해서 사용하며 진행할 것이다."

"그 짐작이 빗나가면요?"

"떨어져야지."

"에?"

"도중에 말 끊지 말고 계속 듣기나 하거라. 비록 겉으로 드러나진 않겠지만 대리석은 이미 내부적으로 충격을 받은 상황이고, 뒤로 갈수록 유리해진단 소리지. 그러니까 너는 눈치를 잘 살피며 한, 쉰 번째쯤에 서 있도록 하거라."

"네, 알겠어요."

"그리고 다음으로 중요한 것은 대리석 격파라는 말속에 함정이 있다는 것을 알아채는 것이다."

"함정요?"

"그래, 꼭 격파를 해야만 되는 것은 아니라는 뜻이다. 무 슨 말인지 알아들었느냐?"

"모르겠는데요."

왠지는 모르겠지만 관유정은 그날 뒷목을 부여잡았다.

그래도 관유정은 도중에 포기하지 않고 근 한 시진에 걸쳐서 말속의 함정에 대해 끈질기게 설명했고, 진풍도 간신히 그것을 이해할 수 있었다.

'마음을 편하게 먹고, 잠력격발술을 끌어 올리라고 했지.'

눈앞의 대리석을 한참이나 노려보고 있던 진풍이 관유정에게 배운 대로 잠력격발술을 끌어 올렸다.

그리고 잠력격발술의 효과는 매우 뛰어났다.

진풍의 뱃속은 불구덩이가 들어찬 것처럼 순식간에 뜨거워졌고, 엄마 몰래 당과를 먹다가 걸렸을 때처럼 심장이 벌렁거리기 시작했다.

'지금!'

관유정이 가르쳐 준 대로 심장이 벌렁거리기 시작하자마자 진풍은 있는 힘을 다해 대리석을 향해 주먹을 뻗었다.

"아얏!"

주먹 뼈가 바스라질 것 같은 통증을 느낀 진풍이 왼손으로 오른 주먹을 부여잡고 쪼그려 앉았다.

눈물이 핑 돌 정도로 아팠다.

하지만 서둘러 두 눈에 맺힌 눈물을 닦고 대리석을 노려보았다.

"불합격!"

심사관은 역시 예상대로라는 표정을 지은 채 붉은색 깃발을 높이 들어올렸다.

그리고 불합격을 외치고 곁을 스쳐 지나가려는 심사관의 바지를 진풍이 재빨리 붙잡았다.

"저기요."

"왜 그러느냐?"

"제가 왜 불합격인데요?"

"네 눈에는 대리석이 멀쩡한 것이 보이지 않느냐?"

심사관이 귀찮은 기색을 감추지 않고 대꾸했지만, 진풍은 벌떡 일어나 대리석을 자세히 살폈다.

그리고 한참만에야 찾던 것을 발견하고 씨익 웃었다.

"이거 보세요."

"대체 뭘 보란 말이냐?"

"여기요, 여기."

진풍이 계속해서 재촉하자 심사관은 여전히 귀찮은 기색으로 고개를 숙였다.

"금 갔잖아요."

"금이라고?"

"여기 있잖아요."

진풍이 손가락으로 가리키는 부분의 대리석을 자세히 살피던 사내가 얼떨결에 고개를 끄덕였다.

"금이 가긴 했네."

"그렇죠?"

"그런데?"

"그럼 된 거잖아요. 대리석에 금이 갔으니까 합격한 거잖 아요."

사내가 잠시 당혹스런 표정을 지었다.

하지만 사내는 이미 이런 상황이 발생했을 때 어떻게 판 정해야 되는가에 대한 심사 기준에 대해서 들었던 바가 있 었다.

대회에 참가한 게 아직 어린아이들인 만큼 판정을 내릴 때 최대한 관대하게 하라는 지시사항이 내려와 있었다.

비록 대리석을 반 토막 내지 못 하더라도, 금이 간 것만 으로 충분하니 합격을 시키라는 명령이었다.

'어쨌든 대리석에 금이 갔으니 합격을 시켜야지.'

뭔가 석연치 않다는 느낌이 들었지만 심사관은 대답을 기 다리고 있는 진풍을 슬쩍 바라본 후 결국 고개를 끄덕였다.

"통…… 과!"

사내가 왼손에 들고 있던 파란색 깃발을 들고 흔들면서 소리쳤고, 진풍은 청해성 예선 첫 번째 관문의 최초의 통과 자가 되었다.

"봤어요?"

허공으로 파란색 깃발이 올라갔다.

마침 불어온 바람에 이리저리 흔들리는 파란색 깃발을 바 라보던 서문화경이 춤이라도 출 기세로 자리에서 벌떡 일어 났다.

그리고 서만석을 다그치기 시작했다.

"봤냐구요?"

"뭘 말이오?"

"지금 파란색 깃발이 올라간 것 못 봤어요? 우리 진풍이가 예선 첫 번째 관문을 통과했잖아요."

"그거라면 나도 봤소."

"당신은 안 기뻐요?"

"그동안 우리 진풍이에게 들인 돈이 얼만데 예선 첫 번째 관문은 당연히 통과해야 하는 것 아니오?"

서문화경의 흥분한 목소리와 달리 서만석은 비교적 담담한 목소리로 대꾸했다.

그러나 서만석의 얼굴 역시 흥분으로 인해 벌겋게 상기되어 있었다.

처음 심사관이 불합격이라고 외치며 붉은색 깃발을 들어올리던 순간, 하마터면 서만석은 뒷목을 부여잡고 쓰러질 뻔했다.

"솔직히 말해 봐요. 당신도 좋죠?"

"뭐, 좋긴 하지만…… 이러다 제명에 못 죽을 것 같소."

"남자가 소심하기는."

"소심해서 미안하오."

서만석이 습관처럼 사과하며 안도의 한숨을 내쉴 때, 청해성 예선의 두 번째 관문이 시작되었다.

첫 번째 관문을 통과한 인원은 극히 적었다.

실력이 부족한 지원자들을 떨어트리겠다는 애초의 목적에 충실하게 거의 대부분의 지원자들이 첫 번째 관문에서 고배를 마셨다.

무려 천여 명이 넘던 참가자들 가운데 남아 있는 참가자들은 고작 백여 명 정도밖에 되지 않았다.

"첫 번째 관문을 통과한 것을 축하한다. 예선 두 번째 관문은 아주 간단하다. 여기 있는 이 바위를 저곳으로 옮기기만 하면 되는 것이다."

내공을 실어서 커다란 목소리로 소리치는 심사관의 설명을 듣고 나서, 고개를 돌린 아이들이 쩍 하니 입을 벌렸다.

심사관은 아주 간단한 것처럼 말했지만, 결코 간단하지 않았다.

심사관이 가리킨 바위는 엄청나게 컸다.

어지간히 힘을 쓰는 장정 서너 명이 한꺼번에 달라붙어도 꿈쩍도 하지 않을 것처럼 커다란 바위를 확인한 진풍이 슬그머니 뒤쪽으로 움직였다.

예상했던 것보다 바위가 훨씬 컸지만, 이미 유도강에게서 두 번째 관문에 대한 이야기를 들었기에 당황하지는 않았다.

"예선 두 번째 관문은 바위를 들어서 약 오 보 정도 떨어진 위치로 옮기는 과제가 주어질 것이다."

"그걸 어떻게 아세요?"

"뭐야? 지금 날 못 믿겠다는 게냐?"

"그런 게 아니라……."

"날 믿어라. 너 같은 어린 애들을 데리고 시험할 수 있는 것들이야 뻔하니까. 어쨌든 중요한 것은 그게 아니다. 네가 어떻게 두 번째 관문을 통과하느냐가 문제지. 미리 말해 두지만 근육이라고는 없는 네가 힘으로 그 바위를 옮길 수는 없다."

"그럼 어떻게 해요?"

"두 번째 관문을 통과하기 위해서 가장 중요한 것은 줄을 어떻게 쓰는가이다."

"또 줄이에요?"

"아직 네가 어려서 잘 모르겠지만 인생을 살아가다 보면 가장 중요한 것이 줄을 어떻게 쓰느냐, 라는 것을 알 게 될 것이다. 험험. 이건 쓸데없는 소리이니 그냥 넘어가자. 먼 훗날이 되면 알아듣겠지만 네게 그날이 올 가능성도 별로 없어 보이고…… 어쨌든 너는 맨 마지막 순서로 두 번째 관문에 도전해야 한다."

"왜요?"

"넌 다른 아이들과는 조금 다른 방식으로 바위를 옮길 거니까. 어쨌든 두 번째 관문을 통과하는 두 번째 핵심은 발상의 전환이다."

"발상의 전환요?"

"그래, 두 번째 관문은 바위를 옮기라는 과제다. 하지만 그 바위를 옮길 때 어떤 방법을 써야 한다고 정해 놓은 것은 없지. 네가 공략해야 할 것은 이 부분이다. 어떠냐? 무슨 말인지 알아들었느냐?"

"대충은 알아들었는데요. 그런데……."

"호오, 그런데 뭐냐?"

"발상이 뭐예요?"

유도강은 그날 인상을 잔뜩 찡그렸다.

발상이 무엇인지에 대해 근 한 시진에 걸쳐 설명을 들은 후에야, 그가 말한 발상의 전환이란 게 무슨 뜻인지 알 수 있었다.

끄응.

그 사이에도 두 번째 관문에 도전한 아이들이 바위를 옮기기 위해서 얼굴이 벌겋게 상기된 채 용을 쓰는 것이 보였다.

하지만 바위를 옮기는 것에 성공한 아이는 별로 없었다.

첫 번째 관문을 통과했던 약 서른 명의 아이들 가운데 두 번째 관문까지 통과한 아이들의 수는 불과 열 명 정도였다.

그리고 줄의 가장 뒤쪽에 서 있던 진풍의 차례가 마침내 돌아왔다.

"네 차례구나."

심사관이 진풍을 알아보고 눈살을 찌푸렸다.

이번에는 요행 따위로 통과할 수 없을 거라고 눈을 부릅뜨고 지켜보고 있는 심사관을 향해 씨익 웃어 준 진풍이 일단 바위를 양손으로 밀어 보았다.

어느 정도 예상은 하고 있었지만, 바위는 꿈쩍도 하지 않았다.

그 사실을 깨닫고 나서 바위에서 손을 뗀 진풍이 머리를 긁적이고 있자, 심사관이 코웃음을 치며 말했다.

"괜히 용쓰다가 허리를 다치지 말고 일찌감치 포기하거라."

성질 급한 심사관이 불합격을 의미하는 붉은색 깃발을 허공으로 들어 올리려는 것을 확인한 진풍이 서둘러 말렸다.

"왜? 아직 포기한 게 아니냐?"

"시간제한은 없잖아요."

"그야 그렇지만…… 아무리 용을 써도 안 되는 것은 결국 안 되는 법이지."

사내의 말에 대꾸하지 않은 채 진풍은 바위 앞에 쭈그려 앉았다.

그리고 양손으로 바위 옆의 흙을 파내기 시작했다.

근 반각에 걸쳐 흙을 파낸 진풍이 만족스런 표정으로 일어난 후, 미리 허리에 차고 들어왔던 쇠막대기를 손에 들었다.

"도구를 사용할 생각이냐?"

"왜요? 도구를 사용하면 안 돼요?"

"그건 아니지만……."

"도구를 사용하면 안 된다는 규칙은 없잖아요."

"그 막대기로 뭘 할 생각이냐?"

"두고 보세요. 이런 걸 발상의 전환이라고 하니까요."

진풍이 흙을 파낸 곳에 쇠막대기를 밀어 넣고 크게 숨을 들이켰다.

"영차!"

이번에도 잠력격발술을 끌어 올린 진풍이 바위 면에 닿아 있는 쇠막대기의 반대쪽을 움켜쥐고 힘을 더했다.

들썩.

그리고 잠력격발술과 도구의 힘이 더해진 덕분인지, 조금 전에 손으로 밀었을 때는 꿈쩍도 하지 않았던 바위가 들썩이기 시작했다.

"이야아압!"

그것을 확인한 진풍이 젖 먹던 힘까지 짜내 쇠막대기를 누르자, 마침내 바위가 움직이기 시작했다.

'됐다!'

물론 한 번에 성공한 것은 아니었다.

바위가 굴러간 거리는 고작 한 뼘 정도였으니까.

하지만 시간 제약은 없었고, 바위를 어떻게 움직여야 하는지 그 요령을 알아낸 이상 어려울 것은 없었다.

이마에서 흘러내리는 땀방울을 닦아 내며 용을 쓴 지 무려 반 시진.

진풍은 마침내 오 보 정도 떨어진 곳으로 바위를 옮기는

데 결국 성공했다.

"통과죠?"

처음 호기심 어린 눈으로 지켜보던 아이들은 시간이 흐르며 이미 관심을 거두어들인지 오래였다.

그리고 지루한 듯 하품을 하고 있던 심사관이 고개를 절레절레 흔들며 이번에도 푸른 깃발을 허공으로 들어 올렸다.

"통과!"

"헤헤."

거칠게 숨을 몰아쉬던 진풍이 바람에 펄럭이고 있는 푸른 깃발을 올려다보다가 기쁨을 감추지 못하고 웃음을 터트렸다.

"우리 진풍이는 어쩜 저리 똑똑할까?"

서문화경은 아예 어깨춤까지 추면서 기뻐했다.

서만석은 채신머리없이 어깨춤을 추고 있는 부인을 말릴 생각도 하지 못 하고 안도의 한숨을 내쉬었다.

그리고 미친 듯이 뛰고 있는 심장을 부여잡았다.

"날 닮아서 저리 똑똑한 것이 틀림없어요."

"그건 아닌 것 같소."

"뭐요?"

"일전에 장모님께 들었소."

"뭘요?"

"당신이 열두 살 때까지 대소변을 가리지 못 했다는 것

말이오."

"……."

"여덟 살 때까지 말도 어눌해서 혹시 어디 모자라는 게 아닐까 하고 그렇게 걱정했다고 하시더군."

흥에 겨워서 이야기하던 서만석이 싸늘하게 변한 서문화경의 시선을 접하고 흠칫하면서 입을 다물었다.

하지만 마지막 한마디는 빠트리지 않았다.

"당신이 아니라 날 닮은 것 같은데."

그리고 서문화경은 그 마지막 말을 놓치지 않고 꼬투리를 잡았다.

"지금 진풍이가 날 닮은 게 아니라는 거예요?"

"뭐, 그럴지도 모르겠단 소리였소."

"웃기지 말아요. 진풍이는 날 닮아서 저렇게 똑똑한 거예요."

빽 하고 소리를 지른 서문화경은 애정이 듬뿍 담긴 시선으로 진풍을 바라보았다.

"예전에는 자기랑 닮은 구석이 하나도 없어서 이렇게 못나고 뚱뚱하기만 하다고, 다 날 닮아 그런 거라고 지겹도록 잔소리를 늘어놓더니, 쯧쯧."

그런 그녀의 옆모습을 힐끗 살핀 서만석이 불평 아닌 불평을 터트렸다.

"세번째 관문은 지원자들의 신법과 안력, 인내력을 평가

하기 위한 시험이다."

다시 한 번 내공을 실은 목소리가 흘러나오자, 아직까지 탈락하지 않고 남은 지원자들의 시선은 한곳으로 쏠렸다.

세 번째 관문을 위해 새로이 등장한 것은 투석기였다.

모두 합쳐 다섯 대의 투석기가 약 오 장가량 떨어진 곳까지 다가와 멈춰 섰고, 그 투석기를 운용하기 위한 무인들 다섯이 그 뒤에 자리했다.

쐐애액.

그 투석기가 제대로 작동하는가를 확인하기 위해 시험 발사를 하자, 갓난아이 주먹만 한 크기의 돌멩이가 무서운 속도로 쏘아져 나왔다.

퍽.

그 돌멩이는 한참을 날아가 담벼락에 그대로 틀어박혀 버렸다.

그 위력을 확인한 아이들이 술렁인 것은 당연한 수순이었다.

정통으로 맞지 않고 살짝 스치기만 해도 최소한 중상을 면치 못 할 정도로 투석기의 위력은 대단했다.

이미 투석기의 존재를 알고 있었던 진풍도 길게 한숨을 내쉬며 허도식과 나누었던 대화를 떠올렸다.

"세 번째 관문은 아마 신법과 안력, 그리고 인내력을 시험할 것이다. 내 예상이 틀리지 않다면 투석기가 등장할 것이다."

"왜 투석기예요?"

"아직 어린아이들에게 진짜 화살과 암기를 사용하지는 않을 테니까. 문제는 네가 신법을 익힌 적이 없을뿐더러 제대로 움직이지도 못 할 정도로 뚱뚱하다는 것이지. 그렇다고 해서 빠르게 쏘아져 나오는 돌멩이들을 정확하게 볼 정도로 눈이 좋지도 않고. 한마디로 총체적인 난국인 셈이지."

"그럼 어쩌죠?"

"네가 세 번째 관문을 통과할 수 있는 방법은 하나뿐이다."

"그게 뭔데요?"

"피할 수 없으면 맞아야지."

"네?"

"당과를 먹으며 지금껏 찌운 살이 도움이 될 게다."

으악.

투석기에서 거의 동시에 쏘아지는 다섯 개의 돌멩이 중 두 개의 돌멩이를 피하지 못 하고 가슴과 어깨에 정통으로 얻어맞은 아이가 내지르는 비명 소리를 듣고서 진풍이 상념에서 깨어났다.

미리 대기하고 있던 의원의 치료를 받고 있는 아이를 바라보던 진풍이 한숨을 내쉬었다.

투석기에서 쏘아져 나오는 돌멩이들을 피하지 않고 모두

맞아야 한다는 생각을 하자 벌써부터 다리가 후들거리기 시작했다.

하지만 허도식의 말대로 다른 방법은 없었다.

품속에서 당과를 꺼내 입속에 밀어 넣은 후, 진풍이 앞으로 나섰다.

"준비됐나?"

끄덕.

힘차게 고개를 끄덕이자마자 다섯 대의 투석기가 활처럼 휘었다가 거의 동시에 돌멩이들이 쏘아져 나왔다.

다른 아이들처럼 그 돌멩이들을 피하기 위해 신법을 펼치는 대신, 진풍은 두 눈을 부릅뜨고 주문을 외듯이 중얼거렸다.

"안 아프다. 안 아프다. 하나도 안 아프다아!"

그와 동시에 진풍이 양팔을 들어 올려 가슴과 얼굴 부근을 가렸다.

퍽, 퍽, 퍽,

거의 동시에 날아든 다섯 개의 돌멩이가 진풍의 전신에 골고루 틀어박혔다.

잠시 침묵이 흘렀지만 진풍은 그 자세 그대로 꿈쩍도 하지 않았다.

"불합……."

그리고 신법을 펼칠 생각도 않고 돌멩이들을 몸으로 막아 낸 진풍을 놀란 눈으로 바라보던 심사관이 불합격을 알리는 붉은색 깃발을 들어 올리려던 때였다.

얼굴을 가리고 있던 양팔을 내리며, 진풍이 힘겹게 입을 뗐다.

"잠깐만요."

"너…… 괜찮냐?"

"멀쩡해요. 그보다 제가 왜 불합격이에요? 하나도……
하나도 안 아픈데."

두 눈에는 어느새 눈물이 그렁그렁 맺혀 있었다.

하지만 진풍은 한쪽 입꼬리를 말아 올리며 억지로 웃었
다.

그런 진풍을 질렸다는 눈으로 바라보던 심사관이 이내 정
신을 차리고 대답했다.

"아픈 것 같은데."

"진짜…… 하나도 안 아프다니까요. 날아오는 돌을 눈으
로 보고 급소는 모조리 피했거든요. 제가 외문기공을 익혀
서 일부러 피하지 않은 거예요."

"거짓말."

"진짜라니까요."

"하지만 그 눈물은?"

"이건 기뻐서…… 너무 기뻐서 우는 거예요. 제가 예선
세 번째 관문도 통과한 게 너무 기뻐서요."

"정말이냐?"

"헤헤, 그럼요."

영 미심쩍은 표정을 짓고 있던 심사관이 잠시 고민하다가 불합격을 의미하는 붉은색 깃발 대신 합격을 의미하는 파란색 깃발을 들어 올렸다.

"합…… 격!"

바람에 나부끼는 파란색 깃발을 확인하자마자 진풍의 얼굴에 떠올라 있던 억지웃음이 사라졌다.

그리고 밀려드는 아픔을 견디지 못 하고 펑펑 울기 시작했다.

"너, 아파서 우는 거지?"

"아니라니까요. 진짜…… 진짜 기뻐서 우는 거예요."

여전히 의심쩍은 표정을 짓고 있는 심사관에게 대꾸하며 진풍은 서럽게 울었다.

어쨌든 세 번째 관문도 통과했다.

이제 남은 것은 마지막 네 번째 관문뿐이었다.

그 네 번째 관문에서 무림맹 영재 발굴 대회 청해성 예선을 통과할 수 있는 우승자가 정해지게 되어 있었다.

"우리 진풍이는 어쩜 저리 듬직할까?"

심사관이 들어 올린 파란색 깃발이 바람에 펄럭였다.

두 눈을 초롱초롱 빛내며 깃발을 바라보고 있던 서문화경은 눈물까지 글썽거렸다.

"저 돌들을 고스란히 얻어맞고도 비명 한 번 안 지르다니. 날 닮아서 정말 인내심이 대단한 것 같지 않아요?"

"인내심이 강한 게 아니라 둔한 것 같소."

"저 압도적인 인내심이라니."

"울고 있는데……."

"아파서 우는 게 아니에요. 기뻐서 우는 거예요."

"그런 것 치고는 너무 서럽게 우는데."

서만석이 지지 않고 대꾸했지만, 서문화경은 아무것도 들리지 않는 사람처럼 자기 하고 싶은 말만 했다.

"저 압도적인 맷집. 역시 비싼 돈을 주고 청해삼절을 진풍이의 스승으로 모신 효과가 있네요."

"저 압도적인 뚱뚱함이 도움이 될 때도 있구려."

"본선이 열릴 때까지 계속 청해삼절에게 진풍이를 맡겨야겠어요."

서만석의 안색이 창백하게 변했다.

마른하늘에 날벼락도 이런 날벼락이 없었다.

지금까지 청해삼절에게 지불한 보수만으로도 백화장의 기둥뿌리가 뽑힐 지경이었다.

그런데 아직 육 개월이나 남은 본선까지 청해삼절에게 계속 진풍이를 맡긴다는 이야기를 듣고 나자, 간신히 진정됐던 심장이 다시 벌렁거리기 시작했다.

당장 서문화경을 뜯어말리고 싶었지만 서만석이 무슨 말을 한다 해도 순순히 들을 부인이 아니었다.

자식 교육에 관해서는 물불을 가리지 않는 것이 서문화경이었으니까.

서문화경을 말리는 것보다는 차라리 진풍이가 예선에서 떨어지기를 기도하는 편이 나을지도 몰랐다.

아니, 그것도 문제가 있는 것은 마찬가지였다.

지금까지 진풍이 밑으로 들어간 돈만 해도 얼마인가?

그런데 그만한 투자를 하고 아무것도 얻은 게 없다면 손해도 이런 손해가 없었다.

서만석은 도저히 그것을 용납할 수 없었다.

"우리 진풍이가 무조건 우승해야 해."

서만석이 두 주먹을 불끈 움켜쥐었다.

"아닌가? 지금 떨어지는 게 나은가?"

고개를 갸웃거리던 서만석이 머리를 긁적거렸다.

"가만, 이러나저러나 망하는 건 매한가지인가? 그럼 예선 통과라도 하는 게 나은가?"

정신줄을 놓기 일보직전인 서만석이 횡설수설하기 시작했다.

"가만히 좀 있어요. 남자가 징징대기는."

기어이 서문화경에게서 한 소리를 듣고 나서야 서만석이 입을 다물었다.

그리고 백화장의 운명을 두 어깨에 짊어지고 있는 진풍을 진심을 다해서 응원하기 시작했다.

구름 한 점 없는 파란 하늘.

진풍이 살고 있는 백화장에서는 지금껏 한 번도 본 적이 없는 엄청나게 크고 으리으리한 전각들.

　수많은 사람들이 보내고 있는 시선들까지.

　심장이 두근두근 뛰었다.

　그러지 않으려고 해도 자꾸만 숨이 가빠 왔다.

　마지막 네 번째 관문은 멀리 뛰기였다.

　쉽게 말해 가장 멀리 뛰는 사람이 우승을 하는 것이었다.

　그리고 청해삼절 가운데 어느 누구도 이번에는 특별한 요령을 가르쳐 주지 않았다.

　"마지막 관문은 경신법을 평가하는 것이다."

　"경신법요?"

　"그래. 몸을 가볍게 해서 가능한 멀리 뛰는 것이 경신법의 묘리지."

　"몸을 가볍게요? 큰일이네요."

　"그래. 나도 네가 허공에 뜨기나 할까 걱정이다."

　"이번에도 줄을 잘 서야 하나요?"

　"아쉽지만 이번엔 줄을 잘 서도 소용이 없다."

　"그럼 발상의 전환을 해야 하나요?"

　"그것도 소용없다."

　"그럼 어쩌죠?"

　"답이 없다."

　"에?"

　"유일한 방법은 하나뿐이다."

"뭔데요?"

"아까 말했던 것처럼 깃털처럼 몸을 가볍게 하고 새처럼 멀리 나는 수밖에 없다."

"새처럼요?"

"새보다는 돼지를 닮긴 했다만."

관유정은 본선 생각은 아예 하지도 말라고 했다.

지금이 마지막이란 생각으로 잠력격발술을 있는 대로 끌어 올려 죽을힘을 다해 뛰라는 말만 했다.

그렇게 상념에 잠겨 있던 진풍은 누군가가 다가와 툭 하고 어깨를 부딪히고 나서야 정신을 차렸다.

"좀 비키지?"

슬쩍 고개를 돌리자 까까머리를 한 소년이 보였다.

하지만 진풍은 이 소년이 까까머리를 하고 승복처럼 소매가 넓고 커다란 옷을 입고 있지만, 중이 아니라는 것을 알고 있었다.

"어, 상화구나."

옛날처럼 머리가 길지 않고 까까머리를 하고 있었지만. 얼굴은 기억이 났다.

진풍의 기억이 틀리지 않다면 이름은 추상화였고, 사업상 의논을 위해서 가끔씩 백화장을 찾아오던 벽검장 장주의 아들이었다.

그동안 진풍과도 인사를 몇 번 나누었으니 안면이 있는

사이였다.

이런 장소에서 아는 얼굴을 만났는데 어찌 반갑지 않을까.

그래서 진풍이 웃으며 인사했지만, 추상화는 마주 웃어주지 않았다.

"비키라니까."

"어, 비킬게. 근데 왜 머리를 그렇게 짧게 잘랐어?"

냉랭한 얼굴로 추상화가 던지는 말을 듣고서 움찔하면서도 진풍이 호기심을 참지 못 하고 질문을 던졌다.

그 말이 끝나게 무섭게 추상화가 진풍을 째려보았다.

"너 때문이잖아."

"나 때문이라고?"

"그래, 우리 엄마가 우승은 하지 않아도 좋대. 그렇지만 무슨 일이 있어도 너한테만은 지지 말라고 그랬어."

"왜?"

"우리 엄마는 너도 싫고, 네 엄마도 싫대."

"하지만……."

"청해삼괴 스승님들께서 널 이기게 만들기 위해서 내 머리까지 깎으셨지. 공기의 저항을 조금이라도 줄일 수 있는 방법이라면서."

"……."

"두고 봐. 널 가르친 청해삼절보다 우리 청해삼괴 스승님들이 훨씬 더 훌륭하다는 것을 증명할 테니까. 그러니까 어서 비켜."

진풍이 머리를 긁적이며 물러섰다.

타다다닷.

그리고 앞으로 걸어 나간 추상화가 힘껏 달려가는 발소리
가 들렸다.

덩치에 걸맞지 않는 커다란 옷을 휘저으며 달려 나간 추
상화는 마치 새처럼 허공으로 가볍게 떠올랐다.

"와아!"

진풍이 감탄을 터트렸다.

정말로 머리를 자른 효과가 있는 건지, 추상화는 허공에
생각보다 오래 떠 있었다.

게다가 공중에 떠올라 있는 사이에 커다란 옷의 넓은 소
매를 이용해 새가 날갯짓을 하듯 빠르게 펄럭였다.

"이 장!"

심사관이 깃발을 들고 크게 외쳤다.

와아아.

그와 동시에 사람들에게서 엄청난 함성이 터져 나오자,
추상화의 얼굴에 비로소 배시시 웃음이 떠올랐다.

뭔가 대단한 일을 한 듯 이리저리 손을 흔들며 원래 자리
로 돌아오던 추상화가 실실 웃으며 가까이 다가왔다.

"돼지 새끼. 근데 너 뜰 수 있긴 하냐?"

추상화는 진풍의 귓가에 속삭인 후 피식 웃으며 걸어갔
다.

기분은 나빴지만 인정할 건 해야 했다.

어떻게 저 짧은 다리로 저렇게 멀리 뛸 수 있을까.

'난 저렇게 멀리 뛰진 못 해.'

풀이 죽었다.

그래서 고개를 푹 떨구고 있을 때, 다시 누군가 진풍의 어깨를 건드렸다.

"안 할 거면 기권하지."

고개를 들었다가 흠칫 놀랐다.

진풍보다 머리 하나가 더 있을 정도로 키가 크고, 매끈하게 잘생긴 놈이 팔짱을 끼고 미간을 찌푸리고 있었다.

"나 지금 급하거든. 안 할 거면 빨리 포기하라니까."

"지금 하려고……."

큰 키와 잘생긴 얼굴을 바라보던 진풍은 자신도 모르는 사이 주눅이 들었다.

"네가 이해해. 쟤 촌닭이야."

"촌닭?"

잘생긴 놈의 옆으로 어느새 다가온 눈썹이 짙은 놈이 하는 말을 듣고 하마터면 눈물이 날 뻔했다.

"그래, 촌닭. 백화장이 대체 어디 붙어 있는 거야? 들어본 적도 없구만. 자신 없으면 얼른 포기해."

눈썹이 짙은 놈도 키가 컸다.

그래서 한숨이 절로 나왔다.

내 키는 왜 이렇게 작은 걸까.

깔보듯이 내려다보고 있는 놈의 얼굴을 보고서 마음을 다 잡았다.

못 할 게 뭐가 있는가.

비록 조금 뚱뚱한 편이라서 신법에는 자신이 없다지만, 지금까지 어려운 관문들을 모두 잘 헤쳐 나오지 않았던가.

진풍이 마음을 굳게 먹고 고개를 들었다.

주위를 둘러보니 사람들 틈에 섞여 있는 어머니와 아버지의 모습이 보였다.

그리고 시선이 부딪히자 아버지는 언제나처럼 근엄한 표정을 지은 채 한 손을 들어 올려 주먹을 불끈 쥐었다.

힘내라는 듯이.

진풍이 자신도 모르게 마주 주먹을 불끈 쥐어 주고 크게 숨을 들이켰다.

조금 전에 비웃고 있던 녀석들에게 보여 주고 싶었다.

촌닭도 멀리 날 수 있다는 것을.

'잠력격발술을 극성으로 끌어 올려야 해.'

어차피 남은 관문도 없었다.

이번이 마지막이라는 것을 알기에 죽을힘을 다해 앞으로 달려 나갔다.

피가 날 정도로 입술을 힘껏 깨물며 도약대를 박찼다.

허공으로 떠오르는 뚱뚱한 몸뚱이.

비만아의 표상이라는 비웃음을 사 왔던 몸뚱이지만, 조금이라도 더 멀리 뛰고 싶어서 있는 힘껏 두 다리를 버둥거리다가 바닥에 떨어졌다.

"사, 삼 장!"

그와 동시에 파란색 깃발이 올라가며 심사관이 도저히 믿기지 않는다는 표정을 지은 채 소리를 질렀다.

와아.

와아아.

엄청난 함성이 터져 나왔다.

어리둥절한 표정을 지은 채 고개를 돌리니, 두 주먹을 불끈 움켜쥔 아버지가 달려오는 것이 보였다.

그리고 치맛바람을 일으키며 뒤질 새라 달려오고 있는 어머니도 보였다.

'내가 뭘 잘못했나?'

하마터면 도망칠 뻔했다.

주먹을 쥐고 달려오는 아버지의 모습이 예전에 당과를 사먹기 위해서 아버지 전낭에서 동전을 훔쳤을 때와 거의 흡사해서.

하지만 아버지는 머리통을 때리는 대신 힘껏 끌어안았다.

그리고 하늘 높이 들어 올리시던 아버지의 얼굴에는 여간해서는 보기 힘든 환한 미소가 걸려 있었다.

"장하다, 장해!"

"우리 아들. 장하구나."

그제야 실감이 났다.

칠 세 이하 어린 영재들의 경연장.

진풍은 무림맹에서 주최한 최고의 권위를 자랑하는 대회인 제 일 회 무림 영재 발굴 대회 청해성 예선을 일등으로 통과한 것이었다.

5장
기련사괴

그날은 진풍이 태어난 이후 가장 기쁜 날이었다.

우승 축하 연회가 열렸다.

그 연회에서 진풍은 무림맹 청해지부를 맡고 있는 지부장이라는 사람 옆에 앉는 호사까지 누렸다.

아버지보다 세 배나 더 근엄하고 무섭게 생긴 무림맹 청해지부 지부장이었지만, 진풍을 바라보는 눈빛은 아주 부드러웠다.

"내 딸이니 친하게 지내도록 해라. 앞으로도 지금처럼 훌륭하게 자라 내 사위가 되었으면 좋겠구나."

그때는 사위가 무슨 소리인지도 몰랐다.

다만 인형처럼 예쁘장하게 생긴 여자아이를 보고서 감히 눈을 떼지 못 했던 것은 기억이 난다.

무슨 말을 할까.

한참 넋을 놓고 여자 아이를 바라보던 진풍이 망설이다 입을 뗐다.

"우리…… 친하게…… 지내!"

옷에 슥슥 문질러 땀을 닦고서 손을 내밀었지만, 인형처럼 예쁜 여자아이는 그 손을 잡아 주지 않았다.

진풍을 한 번 훑어본 후, 비웃음을 던졌다.

"싫어!"

"싫어?"

"그리고 넌 왜 바보 같이 침을 흘리니?"

아, 아까부터 입가를 타고 뭔가 흘러내린다는 느낌이 들었는데 그게 침이었던가.

"좋아서."

진풍이 벌겋게 달아오른 얼굴로 대답했다.

"나 좋아하지 마."

"왜?"

"넌 돼지 같이 뚱뚱하고 못생겨서 싫어."

하지만 소령이란 이름을 가진 여자아이는 냉정했다.

휙 소리 나게 몸을 돌려서 걸어가 버리는 여자 아이로 인해 약간 마음이 상했지만, 그래도 그날은 기쁜 날이었다.

앞에 놓인 밍숭맹숭한 물이 마시기 싫어서 아버지 앞에 놓인 자그마한 잔에 담긴 것을 몰래 마시다가 들켰다.

쓰고 싸하면서도 달콤한 맛.

몰래 마신 것을 누구에게도 들키지 않을 줄 알았는데, 얼굴이 시뻘겋게 달아올라 금방 들켰다.

평소라면 적어도 한 시진 정도는 쉬지 않고 잔소리를 늘어놓았을 텐데.

그날, 아버지는 오히려 칭찬을 해 주었다.

영웅호걸의 떡잎은 음주가무에 능해야 한다나 어쩐다나.

사처오첩이 어쩌고저쩌고.

백 년에 한 번 나올까 말까 한 인재가 어쩌고저쩌고.

본선 우승도 따 논 당상이라고 어쩌고저쩌고.

진풍으로서는 알아듣기 힘든 이야기들이 계속해서 오갔다.

어쨌든 그날은 누가 뭐래도 진풍 인생 최고의 날이었다.

그날, 진풍은 당연히 자신의 미래가 눈부시게 아름답고 달콤할 것이라고 생각했다.

지금 입속에 들어 있는 이 당과처럼.

◑

하아.

절로 한숨이 새어 나왔다.

아름답고 찬란했던 시절의 추억을 뜯어먹고 사는 것은 노인들만의 전유물이라는 말은 분명 틀렸다.

진풍의 나이 이제 고작 열여덟.

하지만 벌써부터 바닥에 팔자 좋게 드러누워서 한창 좋았던 시절의 추억을 뜯어먹으며 살고 있다.

문제는 다시 떠올리고 싶을 만큼 좋은 추억이 그리 많지 않다는 것이다.

그래서 가끔 걱정이 된다.

그다지 많지도 않은 좋았던 추억들을 모두 뜯어먹어 버리고 나면 대체 무슨 낙으로 살아야 할까 하는.

어쨌든 진풍의 인생에서 좋았던 기억은 딱 거기까지였다.

그리고 그렇게 만든 원흉은 사부였다.

진풍의 인생에서 가장 행복했던 그날은 너무 지독한 악몽 같아서 다시 떠올리고 싶지도 않은 기억의 시작이기도 했다.

부모님의 말씀을 금과옥조처럼 여기라는 옛말을 따랐어야 했다.

길을 잃어버릴지도 모르니까 오줌을 누러 가고 싶으면 꼭 말을 하라고 했던 어머니의 말씀을 한 귀로 듣고 한 귀로 흘려버린 것이 화근이었다.

아니, 좀 더 솔직히 말하면 일부러 어머니께 말하지 않았다.

소령이란 계집아이 때문에.

"왜 그렇게 봐?"

"신기해서."

"뭐가?"

"돼지가 말을 하는 게."

소령은 뚫어지게 바라보았다.

고양이 같은 두 눈을 뜨고서 말똥말똥 바라보고 있는 시선이 느껴지는데, 어머니께 뒷간까지 같이 가 달라는 말을 하고 싶지 않았다.

그 어린 마음에도 제 일 회 무림맹 영재 발굴 대회의 청해성 예선 우승자가 뒷간도 혼자 못 간다는 것이 부끄러웠던 것 같았다.

그래서 혼자 빠져나갔다가 길을 잃어버렸다.

수십 개가 넘는 전각들은 어찌나 그리 비슷하게 생겼는지.

약 반 시진쯤 헤매다가 오줌보가 터질 것 같아서 뒷간을 찾는 것을 결국 포기했다.

그러고는 전각 곳곳을 비추고 있는 횃불의 빛이 닿지 않는 으슥한 곳으로 들어가서 바지춤을 풀었다.

쏴아아.

오랫동안 참아서일까.

그날따라 유난히 힘차게 뿜어져 나오는 오줌 줄기를 보며 황홀한 표정을 짓고 있을 때였다.

"역시 기재는 오줌발부터 다르군."

뚝.

늙수그레한 목소리가 갑자기 들려왔다.

깜짝 놀란 진풍이 도중에 오줌 줄기를 끊었다.

"오줌발의 진퇴도 자유롭게 조절한다? 역시 타고난 기재로다."

'대체 뭔 소리야?'

갑자기 어디선가 불쑥 나타나서 진풍이 꺼내 놓은 물건을 바라보던 사부는 감탄을 그치지 않았다.

"게다가 다섯 살이라는 나이에 걸맞지 않는 대담한 크기까지. 영웅호걸이 될 풍모를 모두 갖추었어."

당시의 진풍은 어렸다.

어린 마음에 생판 모르는 사람에게 자신의 물건을 보여 준다는 것이 너무 부끄러워서 서둘러 바지춤을 추스르면서도, 계속 칭찬을 듣다 보니 슬슬 기분이 좋아지는 것은 어쩔 수 없었다.

"누구세요?"

"이럴 수가? 나의 은신술을 접하고도 놀라지 않는 대범함까지 갖추었다니. 너야말로 우리가 찾고 있던 기재다."

칭찬을 남발하던 사부였다.

그때…… 그 칭찬들에 넘어가서는 안 되었었는데.

사부는 허락도 받지 않고 주름진 손으로 조물딱거리며 진풍의 몸을 만졌다.

그러면서도 쉬지 않고 감탄성을 토해 냈다.

천하에 다시 찾을 수 없는 완벽한 몸이라느니.

고금 제일의 근골이라느니.

칭찬을 듣다 보니 슬그머니 웃음이 나오는 것을 참을 수 없었다.

그리고 기분이 좋아져서 헤실거리며 웃고 있던 진풍에게 사부는 제안했다.

더도 덜도 말고 딱 십 년 만 자기와 함께 지내면, 천하제일인도 아니고 고금제일인으로 만들어 주겠다고.

솔깃한 제안이었다.

하지만 진풍이 누군가?

제 일 회 무림맹 영재 발굴 대회의 청해성 예선 우승자가 아니던가.

이 정도 사탕발림에 넘어갈 진풍이 아니었다.

그래서 단호하게 거절했다.

"싫어요."

"응, 싫어? 대체 왜?"

"어머니가 모르는 사람을 함부로 따라가지 말라고 그랬어요."

"이럴 수가. 머리까지 똑똑한 기재가 아닌가?"

시큰둥한 표정으로 대꾸했지만 사부는 또 한 번 감탄을 마지않았다.

그리고 사부는 진풍의 의사 따위는 존중하지 않았다.

어머니의 표현대로라면 백 년에 한번 나올까 말까 한 기재인 진풍에 대한 욕심을 이기지 못 하고, 결국 납치해 버렸다.

아무리 무림맹 영재 발굴 대회의 청해성 예선 우승자였던

진풍이라고 해도 당시에는 고작 여덟 살로 미완의 대기일
뿐이었다.

사부의 마수를 피할 능력이 있을 리 없었다.

"잠깐만요."

눈이 휙 돌아갈 정도로 빠르게 신법을 펼치고 있는 사부
의 옆구리에 짐짝처럼 들린 채 끌려가던 진풍이 간신히 입
을 뗐다.

그리고 그 말을 듣고서 사부가 처음으로 멈추었다.

"왜 그러느냐?"

의아한 눈빛으로 사부가 바라보았지만 진풍은 대답 대신
저 멀리 보이는 백화장 쪽으로 시선을 돌렸다.

그런 진풍의 두 눈에 떠올라 있는 아련한 감정을 확인한
사부는 조금 미안한 표정을 지은 채 입을 뗐다.

"집을 떠나게 되어서 아쉬우냐?"

"……."

"더 나은 미래를 위한 투자라고 생각하거라. 시간이 흘러
다시 돌아왔을 때 네 부모님도 널 보며 기뻐할 것이다."

"……그런 게 아니에요."

"그럼?"

"속이 안 좋아서."

"응?"

"우웨엑."

사부의 옆구리에 들린 채 짐짝처럼 계속 흔들리다 보니

속이 불편했다.

웬만하면 참으려고 했는데…… 뜻대로 되지 않았다.

결국 사부가 입고 있는 백의 장삼에다가 잔치에서 먹고 나서 아직 소화가 덜된 것들을 한바탕 쏟아 냈다.

"이제 좀 살 것 같아요."

"……"

"사실 집에 가기 싫었어요. 모르긴 몰라도 내일부터 또 어머니에게 이유도 모르고 시달릴 것이 틀림없거든요. 어디로 가는지 몰라도 얼른 가요."

"어린 것이 이렇게 많이 처먹었다니. 위장의 크기부터가 남다르구나, 역시 너는 기재다. 너는 분명히 고금제일의 고수가 될 것이다."

사부는 화를 내지도 않았다.

오히려 진풍이 토해 놓은 것을 보고 나서 껄껄 웃으며 또 한 번 장담했다.

아, 입속에 들어 있는 당과처럼 살살 녹을 것 같은 감언이설들이 그때는 그렇게 듣기 좋았었는데.

이제 와서 말하는 것이지만 사부가 그 당시에 했던 감언이설들은…… 모두 새빨간 거짓말이었다.

☯

기련사괴.

사부에게 납치당해서 끌려간 기련산에는 세 명의 사부들이 더 기다리고 있었다.

사부들은 자신들의 정체를 기련사괴라고 밝혔다.

그리고 진풍을 납치한 사부는 기련사괴 가운데서 막내인 동괴였다.

마당이라 불러도 널찍한 공간에 덩그러니 놓여진 평상 앞에 서서 매처럼 날카로운 눈으로 진풍을 살피던 세 사부들에게 동괴 사부는 고개 숙여 인사했다.

"다녀왔습니다."

공손하게 인사까지 했지만 동괴 사부를 바라보던 세 사부들의 표정은 조금도 풀어지지 않았다.

"저 아이냐?"

"그렇습니다. 제가 장담컨대 기재 중의 기재입니다."

"진짜?"

"틀림없습니다."

동괴 사부가 강조했지만, 귀가 한쪽밖에 남지 않은 남괴 사부는 영 마뜩찮은 표정으로 물었다.

"저 뚱보 새끼가 기재라고? 저 뚱보 새끼가 기재라고 판단한 근거가 무엇이냐?"

"그게…… 일단 오줌발이 기가 막힐 정도로 강했습니다. 그리고 오줌발의 진퇴를 자유롭게 조절하는 것으로 봐서 벌써 진기를 스스로 조절할 줄 아는 것이 아니겠습니까?"

"또?"

"담력도 장난이 아닙니다. 제 은신술을 접하고도 눈도 꿈쩍하지 않았습니다."

"또?"

"그리고 무엇보다…… 그, 그, 아! 이번 무림맹 영재 발굴 대회 청해성 예선을 일등으로 통과한 아이가 바로 이 아이입니다."

처음 자신감이 넘치던 동괴 사부는 시간이 흐를수록 조금씩 말을 더듬기 시작했다.

그에 반해 점점 더 눈빛이 매서워지던 남괴 사부는 끝내 한숨을 내쉬며 언성까지 높였다.

"너 벌써 노안이 찾아왔냐? 네 눈에는 저 뚱보 새끼가 진짜 기재로 보이냐? 내가 이래서 막내를 보내면 안 된다고 하지 않았습니까?"

"분명히…… 기재가 맞는데."

"그래도 우리 중에 제일 멀쩡하게 생겨서 애가 겁은 먹지 않겠다는 생각에 보냈건만 제대로 하는 것이 없구나."

남괴 사부의 맹렬한 공세에 동괴 사부는 속수무책으로 당했다.

마땅히 대꾸할 말을 찾지 못 하고 전전긍긍하던 동괴 사부는 조심스럽게 변명을 꺼냈다.

"혹시 동자공을 익혔을 수도 있지 않겠습니까?"

"하아, 동자공?"

그리고 기도 안 찬다는 듯이 콧방귀를 뀐 남괴 사부는 진풍을 노려보며 물었다.

"너 몇 살이냐?"

"여덟 살인데요!"

분위기가 심상치 않음을 직감적으로 느낀 진풍이 최대한 또랑또랑한 목소리로 대답했다.

"고작 여덟 살짜리가 동자공? 이제 겨우 여덟 살 먹은 애새끼가 동자가 아닌 게 정상이냐?"

"듣고 보니 그 말도…… 맞는 것 같네요."

아예 얼굴까지 벌겋게 달아오른 채 대답하는 동괴 사부를 보며 진풍은 생각했다.

어쩌면 사부는 허당이 아닐까 하고.

어쨌든 속에서 열불이 터져서 더는 말도 하고 싶지 않다는 표정을 지은 채 남괴 사부가 입을 다물자 이번에는 한쪽 눈이 없는 서괴 사부가 나섰다.

"넌 뭘 먹고 이렇게 살이 쪘지?"

"당과요."

"당과라…… 잘하면 돌멩이처럼 바닥을 굴러갈 기세, 돼지가 와서 형님하고 울고 갈 기세로구나."

진풍이 뭐라고 대답하려고 했지만 서괴 사부는 어느새 고개를 돌려 버린 후였다.

그리고 마지막으로 한쪽 팔이 없는 북괴 사부가 지그시 바라보다가 입을 뗐다.

"이름이 뭐지?"

"서진풍인데요!"

딱히 언성을 높인 것도, 화가 난 목소리도 아니었지만 진풍은 북괴 사부가 가장 무서웠다.

그래서 다시 또랑또랑한 목소리로 대답하자, 북괴 사부는 고개를 끄덕였다.

"이 녀석으로 하지."

그 말이 떨어지기 무섭게 나머지 삼괴 사부들이 충격을 받은 표정을 지었지만, 기련사괴의 맏형인 북괴 사부는 모른 척 신형을 돌려 초옥으로 들어가 버렸다.

어쨌든 북괴 사부가 나머지 삼괴 사부들의 맹렬한 반대를 무릅쓰고 자신을 제자도 받아들인 이유를 진풍은 좀 더 시간이 흐른 후에야 알 수 있었다.

"불쌍해서."

북괴 사부는 단지 바라보는 것만으로도 진풍의 진원진기가 손상됐다는 것을 알아챘을 정도로 고수였다.

그리고 그 후로 십 년의 시간이 무심하게 흘렀다.

◉

여느 때와 다름없이 시전은 사람들로 북적였다.

"자, 쌉니다. 싸요. 몸에 걸치기만 하면 거재 새끼도 왕

후장상의 씨로 바꿔 주는 최고급 비단이 단돈 한 냥. 왕후장상이 될 수 있는 유일한 기회를 놓치지 마세요!"

포목들을 꺼내 놓은 가판 앞에 선 정성모가 언성을 높여서 소리치며 시전을 오가는 사람들을 살폈다.

불경기 탓일까?

정성모가 목이 터져라 소리를 질러 봐도 포목점 안으로 들어와 구경하는 사람들은 찾기 힘들었다.

그래서 일찌감치 장사를 포기한 정성모가 시전을 바쁘게 오가는 사람들에게 시선을 던지고 있을 때였다.

웅성웅성.

갑자기 시전이 소란스럽게 변했다.

그리고 사람들이 수근거리는 말소리가 들려왔다.

"저게 뭐여? 사람 맞아?"

"놀래라. 멧돼지가 나타난 줄 알고 기겁을 했네."

"대체 어느 집 자식이래?"

"저 집 부모는 애가 저렇게 될 때까지 대체 뭘 한 거래?"

호기심 많은 정성모가 이렇게 좋은 구경거리를 놓치고 지나갈 리 없었다.

그래서 가게를 내팽개친 정성모가 상황을 살피기 위해서 사람들 틈을 헤치고 들어갔다가 우뚝 멈춰 섰다.

"말 그대로 압도적이구나!"

두 눈을 부릅뜨고 바라보던 정성모가 감탄성을 내뱉었다.

사람들을 놀래킨 것은 뚱뚱한 청년이었다.

비정상적이라 생각될 정도로 뚱뚱한 청년에게 시선을 뺏기고 있던 정성모는 포목점 주인답게 뚱뚱한 청년의 의복을 살폈다.

보통 사람들이 입는 의복보다 옷감이 족히 서너 배는 더 들 것 같은 크고 낡은 의복이었지만, 청년이 체구가 워낙 비대한 탓에 오히려 작게 느껴졌다.

그 의복을 살피던 정성모가 잠시 뒤 두 눈을 부릅떴다.

"비켜!"

"거, 얼른 비켜. 멧돼지한테 받히면 큰일 나!"

"어라, 보기보단 잽싸네."

"물 찬 돼지가 따로 없구나!"

일제히 자신에게 쏠려 있는 사람들의 시선이 부담스러웠던 탓일까?

마치 사람 구경을 처음 하는 꼬마처럼 시전 입구에 엉거주춤하게 서 있던 뚱뚱한 청년이 갑자기 뛰기 시작했다.

쿵쿵쿵.

뚱뚱한 청년이 뛸 때마다 지축이 울리는 듯 요란한 소리가 울려 퍼졌다.

그런 뚱뚱한 청년이 시전을 가득 메우고 있는 사람들과 당연히 부딪힐 거라고 예상했는데, 정성모의 예상은 보기좋게 빗나갔다.

출렁출렁.

청년의 비대한 살점들은 절정 고수의 움직임처럼 아주 정교하게 흔들리며, 곁에 선 사람들과 부딪히지 않고 피해 갔다.

실로 놀라운 움직임.

물 찬 돼지라는 표현이 딱 어울렸다.

그래서 정성모가 넋을 놓은 채 뚱뚱한 청년의 절묘한 움직임을 바라보고 있을 때였다.

시전을 빠져나갈 거라 예상했던 뚱뚱한 청년이 갑자기 멈추더니, 등에 매고 있던 봇짐을 끌렀다.

잠시 뒤, 뚱뚱한 청년이 봇짐 속에서 꺼낸 것은 굵은 하수오였다.

"족히 몇 백 년은 묵은 하수오구나!"

정성모는 약재상이 아니라 포목상이었다.

하지만 시전에서 굴러먹은 지 벌써 십 수 년이 흐르다 보니, 어지간한 약재상 못지않게 보는 눈이 생겼다.

그리고 지금 뚱뚱한 청년이 꺼낸 하수오의 굵기로 보아하니 못해도 몇 백 년은 묵은 최상급이었다.

"장 영감, 오늘 횡재하겠네."

정성모가 입이 귀에 걸릴 약재상 장 영감을 떠올렸지만, 하수오를 꺼낸 뚱뚱한 청년은 약재상이 아니라 당과를 파는 노점 앞으로 걸어갔다.

'대체 뭘 하려는 거지?'

의아한 시선을 던지던 정성모의 눈에 뚱뚱한 청년이 하수오를 건네고 노점 주인에게서 커다란 봉투를 건네받는 것이 보였다.

"설마!"

청년이 건네받은 봉투에 담긴 것은 당과였다.

족히 수백 년은 묵은 최상급 하수오로 고작 당과 한 봉지를 사다니.

정성모가 기가 막힌 표정을 짓고 있을 때였다.

부스럭.

뚱뚱한 청년이 봉투 속에서 당과를 하나 꺼냈다.

손에 든 당과를 바로 입속으로 밀어 넣지 않고, 뚱뚱한 청년은 마치 헤어졌던 애인을 만난 사람마냥 우두커니 서서 그 당과를 바라보기만 했다.

그렇게 한참을 바라보기만 하던 뚱뚱한 청년이 마침내 결심한 듯 당과를 입속으로 밀어 넣었다.

부르르.

그 순간, 청년의 비대한 몸이 사시나무처럼 떨렸다.

그리고 청년이 보인 반응은 그게 다가 아니었다.

정성모는 뚱뚱한 청년의 뺨을 타고 흐르고 있는 눈물을 놓치지 않았다.

'고작 당과를 먹다가 감동해서 울기까지 하다니.'

정성모로서는 도저히 이해가 가지 않는 반응이었다.

그래서 뚱뚱한 청년에게 더욱 호기심이 생긴 정성모가 참지 못하고 당과를 파는 노점 앞으로 다가갔다.

"저 청년에게 뭘 파셨소?"

"당과를 팔았지 뭘 팔았겠나?"

동전 몇 십 문이면 살 수 있는 당과 한 봉지를 수백 년 묵은 하수오와 교환한 덕분에 입이 귀에 걸린 노점상에게 정성모가 말했다.

"나도 하나 줘 보시오."

"하나만?"

"맛만 보려고 그러오."

"옛따, 기분도 좋은데 여기 있어."

"아까 뚱뚱한 청년이 먹은 거와 같은 거요?"

"맞네."

정성모가 노점상에게서 건네받은 당과를 입속으로 밀어넣었다.

금세 달달한 맛이 입속에 번졌지만, 딱 거기까지였다.

특별한 것은 없었다.

'그냥 당과잖아!'

당과를 맛 본 정성모가 고개를 돌렸다.

그리고 뚱뚱한 청년에게 이 당과를 먹고 눈물까지 흘린 이유를 물어보려고 했지만, 뚱뚱한 청년의 모습이 보이지 않았다.

"분명히 방금 전까지 있었는데!"

눈 깜짝할 새 사라져 버린 뚱뚱한 청년의 모습을 찾다가 결국 찾지 못한 정성모가 서둘러 포목상으로 돌아왔다.

그리고 포목상 안에 위치한 자신의 방에 틀어박힌 정성모가 전서를 작성하기 위해서 붓을 들었다.

하지만 정성모는 선뜻 붓을 놀리지 못 하고 망설였다.

'뭐라고 적지?'

포목상으로 위장한 채 살아가고 있는 정성모의 진짜 신분은 무림맹 휘하 비천각 요원.

특이한 사건이나 주목할 만한 인물이 나타나면 전서를 날려서 상부에 보고하는 것이 그가 맡은 임무였다.

"신법의 고수라고 적어야 하나?"

뚱뚱한 청년이 보여 준 움직임은 분명히 잽쌌다.

하지만 청년이 워낙 뚱뚱해서 잽싸게 느껴졌을 뿐이었다.

그 정도 움직임은 보여 주는 무인들은 지천으로 널려 있었다.

"그럼 재신(財神)이라고 해야 하나?"

고작 당과 한 봉지를 사면서 수백 년 묵은 하수오를 건넨 것을 보면 뚱뚱한 청년은 돈이 많은 게 틀림없었다.

하지만 뚱뚱한 청년이 걸치고 있던 낡고 군데군데 기운 의복을 보면 그리 돈이 많은 것 같지도 않았다.

그래서 한참을 망설이던 정성모가 간신히 붓을 놀리기 시작했다.

압도적으로 뚱뚱한 청년 등장!

신법의 고수로 보이나 착시 효과일 수도 있음.

돈이 많은 듯 하나 검소한 듯 보임.

세밀한 관찰 필요!

푸드득!

정성모가 어렵게 작성한 전서를 발목에 묶은 전서구가 힘껏 날개짓을 하며 허공으로 솟구쳤다.

오줌발부터 다른 기재?

고금제일인?

다 개소리였다.

진풍이 하산할 때, 기련사괴의 대형이자 가장 혹독하게 진풍을 몰아붙였던 북괴 사부는 이런 말을 건넸다.

"이제 겨우 사람 구실은 하겠구나!"

기가 막혔다.

십 년 동안 실컷 부려먹으면서 죽어라 고생만 시키더니 겨우 사람 구실을 할 수 있게 만들어 놨다니.

"그럼 난 원래 사람이 아니었어요?"

두 눈에 쌍심지를 켜고 따지려다가 그냥 참았다.

무서운 사부들에게 얻어맞을까 두려웠기 때문이었다.

어쨌든 지옥 같았던 산중 생활과는 이제 안녕이었다.

진풍이 산에서 내려오자마자 가장 먼저 들른 곳은 바로 시전이었다.

고작 여덟 살이란 어린 나이에 동괴 사부에게 납치된 탓에, 진풍은 세상 물정에 어두운 편이었다.

그렇지만 딱 한 가지만은 확실하게 기억하고 있었다.

당과는 시전에서 판다는 것!

두 눈에 불을 켠 채 시전을 돌아다니던 진풍이 벼락 맞은 사람처럼 노점 앞에서 멈춰 섰다.

"당과다!"

지난 십 년간 기련산에 끌려가서 사부들에게 시달리느라 그렇게 좋아했던 신비의 음식인 당과는 구경도 하지 못했다.

그래서 무려 십 년 만에 다시 당과를 마주하고 나자, 심장이 두근거릴 지경이었다.

이 순간을 위해서 봇짐 속에 숨겨서 가지고 온 굵은 하수오 한 뿌리를 건네고 당과를 샀다.

당과를 파는 노점상이 거스름돈이 어쩌구저쩌구 했지만, 제대로 들리지도 않았다.

그래서 손을 훼훼 저은 진풍이 당과를 뚫어져라 바라보며 코를 벌렁거렸다.

'이 얼마나 기다렸던 순간인가?'

서둘러서는 안 됐다.

그래서 느긋하게 충분히 향을 음미한 후, 진풍이 당과를 천천히 입속으로 밀어 넣었다.

달달하면서도 오묘한 당과의 맛이 입속으로 퍼지는 것을 느끼며, 진풍이 두 눈을 질끈 감았다.

주르륵.

너무 맛있어서 눈물이 다 났다.

사람들이 오가는 길바닥에서 눈물을 흘리는 것이 창피해서 진풍은 일단 빠르게 시전을 빠져나왔다.

봉투에 든 당과들을 모조리 입속으로 털어 넣고 싶은 것을 꾹 참고 일단 봇짐 속에 남은 당과들을 넣어 두었다.

너무 아까워서 입에 넣을 수가 없었기 때문이었다.

그리고 백화장이 위치한 청해성으로 방향을 잡고 진풍이 움직이기 시작했다.

딱히 특별한 일은 없었다.

무료하기 그지없던 여정에 변수가 생긴 것은 청해성 인근에 거의 도착했을 때였다.

해가 뉘엿뉘엿 지고 있는 관도를 따라 걷던 도중, 수십 명이 넘는 사람들이 서로 노려보며 대치하고 있는 광경이 진풍의 눈에 들어왔다.

'돌아가야 하나?'

살벌한 분위기가 물씬 풍기는 대치 국면을 살피던 진풍이 고민에 잠겼다.

그러나 이내 관도를 가로지르기로 했다.

이 국면을 피해서 돌아가면 백화장에 도착하는 데 걸리는 시간이 너무 늘어났기 때문이었다.

그리고 하나 더, 지금 눈앞에서 펼쳐지고 있는 상황에 대해서 호기심이 일었기 때문이었다.

어느 누구도 신경 쓰지 않는 가운데 진풍이 팽팽하게 대치하고 있는 사람들 틈으로 섞여 들어갔다.

맹호표국의 표국주이자 총표두를 맡고 있는 방천호가 난감한 표정을 지었다.

청해성을 떠나서 표행에 나선 지 이틀째, 관도에서 만호채의 산적들과 맞닥트릴 때만 해도 특별할 것은 없었다.

"맹호표국의 국주인 방모가 녹림의 영웅들을 뵙게 되어 영광입니다. 표행을 위해서 잠시 길을 열어주기를 청합니다."

녹림칠십이채 중 한 곳인 만호채를 이끌고 있는 채주인 원두엽에게 정중히 포권을 취하며 방천호가 길을 열어 주길 청했다.

물론 입으로만 청한 것은 아니었다.

미리 준비해 두었던 통행세가 들어 있는 가죽 주머니를 획 내던졌다.

그리고 통행세를 받아 챙기고 못 이긴 척 물러날 것이라 여겼는데, 방촌호의 예상은 빗나갔다.

통행세가 든 가죽 주머니는 열어 보지도 않은 채 원두엽이 소리쳤다.

"이 새끼들이 우릴 거지로 여기나? 동전 몇 개 던져 주고 나면 우리가 좋아서 어쩔 줄 모르고 길을 열어 줄 것 같아?"

"원 채주, 왜 이러십니까?"

예기치 못했던 반응에 방천호는 살짝 당황했다.

하지만 어쩔까?

아쉬운 것은 방천호였고, 그래서 만약을 대비해 준비해 두었던 또 하나의 가죽 주머니를 품속에서 꺼냈다.

"섭섭지 않게 넣었으니 마음을 풀고 길을 열어 주시오."

방천호가 가죽 주머니를 하나 더 건넸지만, 원두엽은 가죽 주머니를 받아 챙기는 대신 코웃음을 쳤다.

"아직 상황 파악이 잘 안 되는가 본데, 표물을 내놓고 얼른 꺼져. 그럼 목숨을 살려 줄 테니까."

"표물을 내놓으라니. 요구가 지나치시오."

"왜? 아까워? 목숨보다 표물이 더 소중한가 보지? 그럼 여기서 전부 다 뒈지든가."

방천호가 거침없이 막말을 쏟아 내는 원두엽을 노려보았다.

미리 준비한 통행세를 받고 길을 열어 주는 것이 표국과 녹림 사이의 관행이었다.

그런데 지금 원두엽은 그 약속을 깨트리려 하고 있었다.

대체 무슨 일 때문인지는 몰라도 잔뜩 심사가 뒤틀린 원두엽은 통행세를 더 뜯어내기 위해서 저리 행동하는 것이 아니었다.

진심으로 표물을 노리고 있었다.

물론 방천호는 표물을 순순히 내줄 생각이 없었다.

표물을 지키고 표행을 완료하는 것은 표국의 신뢰와 직결되는 문제.

방천호도 표정을 굳힌 채 소리를 질렀다.

"정녕 우리 맹호표국과 척을 지겠다는 것이오?"

"아, 귓구녕이 처막혔나? 그렇다니까."

"후환이 두렵지 않소?"

"그깟 후환이 두려웠으면 산적 짓을 어떻게 해 처먹겠어? 쓸데없는 소릴랑 그만 집어치우고 표물을 곱게 내놓고 목숨을 붙여서 돌아가든가, 아니면 여기서 전부 뒈지든가, 둘 중 하나를 선택해."

"정녕 이리 나오겠단 말이오?"

협상의 여지가 전혀 없음을 깨달은 방천호가 긴장한 기색이 역력한 표사들과 시선을 교환했다.

"오늘은 길보다 흥이 많겠구나."

방천호는 표물을 지키는 것을 선택했다.

이런 상황을 대비해서 미리 약조해 둔 대책이 있었다.

방천호를 비롯한 표사들이 산적들과 맞서 싸우며 시간을 벌어 주는 사이, 표사들 가운데 신법이 뛰어난 자가 부피가 작은 표물을 가지고 이곳을 빠져나가는 것이었다.

'이곳에 뼈를 묻게 될지도 모르겠구나.'

성질이 지랄 맞다고 소문이 나긴 했지만, 원두엽은 녹림칠십이채 중 한 곳인 만호채의 채주를 맡고 있을 정도로 대단한 고수였다.

원두엽과 함께 기세등등하게 살기를 내뿜고 있는 만호채의 산적들 역시 실력도 뛰어난데다 수도 많았다.

"모두 죽음을 두려워 말고 싸우……."

겁에 질린 표사들을 독려하던 방천호가 도중에 입을 다물었다.

쟁자수들 사이에 서 있는 낯선 사내를 발견했기 때문이었다.

"자넨 누군데 여기 있는 건가?"

"그냥 지나가던 사람인데요."

아직 약관도 되지 않은 것처럼 보이는 뚱뚱한 청년을 바라보던 방천호가 안타까운 마음에 혀를 끌끌 찼다.

"왜 하필 이 길로 왔나? 멀찍이 돌아가지 않고?"

"돌아가기 귀찮아서요."

"허어…… 자넨 저들이 누군지 모르는가?"

"누군데요?"

"이거 세상 물정을 전혀 모르는 청년이로구만. 저들이 바로 녹림에 속한 만호채의 산적들일세."

"아, 저들이 산적들이로군요."

호기심이 깃든 두 눈을 빛내고 있는 청년은 비정상적으로 뚱뚱한 게 다가 아니었다.

확실히 이상한 면이 있었다.

녹림채 중 한곳인 만호채의 산적들이 떨치는 흉명은 청해성 인근에 자자하게 퍼져 있었다.

만호채라는 이름만 들어도 겁을 집어먹는 이들이 대부분.

하지만 이 뚱뚱한 청년은 전혀 겁을 집어먹은 기색이 아니었다.

오히려 흥미를 드러내고 있었다.

'세상 물정을 모르는 건가? 아니면, 겁이 없는 건가?'

뚱뚱한 청년을 살피던 방천호가 속으로 혀를 끌끌 찼다.

둘 중 어느 쪽이든 상관없었다.

하필이면 운 없게 지금 이곳을 지나간 이유로, 뚱뚱한 청년의 죽음은 정해져 있는 상황이었으니까.

"기회를 엿봐서 얼른 떠나게. 저들의 눈에 띄지 않으면…… 아닐세."

만호채 산적들의 눈을 피해서 몰래 빠져나가라고 충고하려 했던 방만호가 도중에 입을 다물었다.

청년은 워낙 뚱뚱해서 수많은 사람들 틈에 섞여 있더라도 한눈에 띌 정도였다.

아무래도 만호채의 산적들 몰래 이곳을 빠져나가는 것은 어려울 것 같았다.

방천호가 뚱뚱한 청년에 대한 관심을 버리고, 수하들을 독려하며 검을 뽑아 들었다.

"마지막 순간까지 모두 목숨을 걸고 싸운다. 자! 나를 따르라."

오른손에 검을 든 방천호가 지체하지 않고 만호채의 채주인 원두엽에게 달려들었다.

수적으로나, 실력으로나 모두 밀리는 상황.

변수를 만들 수 있는 유일한 방법은 산적들의 우두머리인 원두엽을 빠른 시간 안에 죽이는 것뿐이었다.

"맹호표국이 요즘 꽤 잘나간다는 소문은 들었지. 그래서 간덩이가 부풀다 못 해 터질 지경이군."

코웃음을 치던 원두엽이 독문병기인 철퇴를 위협하듯 붕붕 휘둘렀다.

가볍게 보지 못 하고 긴장한 채 그 철퇴의 움직임을 살피던 방만호가 더 기다리지 못하고 검을 앞세워 뛰어들었다.

철커덕.

위이잉.

허공에서 방향을 바꾸어 날아드는 철퇴를 발견한 방만호가 신중하게 검을 휘둘러서 일단 철퇴를 막아 냈다.

쾅!

귓가를 먹먹하게 만드는 폭음이 터진 후, 방천호가 충격의 여파를 감당하지 못 하고 뒷걸음질을 쳤다.

만호채의 채주인 원두엽이 대단한 고수라는 소문은 익히 들었다.

그 소문이 과장됐길 바랐건만, 방천호는 이 한 번의 부딪힘으로 인해 그 소문이 전혀 과장이 아니었음을 깨달았다.

뚝, 뚝.

검병을 꽉 움켜쥐고 있던 손아귀가 찢어지며 흘러나온 붉은 피가 바닥으로 점점이 떨어졌다.

'정면 승부는 무리야!'

재빨리 상황을 파악한 방천호가 검을 고쳐 쥐는 사이, 원두엽이 날린 철퇴가 재차 얼굴로 날아들었다.

고개를 좌로 꺾어 간발의 차로 철퇴를 피해 냈지만, 아직 끝이 아니었다.

차르륵.

철퇴와 연결되어 있는 쇠사슬이 회전하며 방천호의 목을 휘감기 위해 다가왔다.

더 피할 수 없다는 것을 직감한 방천호가 한 걸음 물러나며 검을 휘둘러서 쇠사슬을 밀어내려 했다.

하지만 원두엽이 조종하는 철퇴와 연결된 쇠사슬의 움직임은 변화무쌍했다.

차르르륵.

마치 쇠붙이에 달라붙는 자석처럼 순식간에 검을 휘감아 버렸다.

당황한 방천호가 쇠사슬에 묶인 검을 빼내기 위해서 애쓰고 있을 때, 원두엽의 입꼬리가 말려 올라갔다.

그 웃음으로 인해 불길함을 느낀 방천호가 두 눈을 부릅떴다.

파앙.

아까 피해 냈던 철퇴가 다시 허공에서 방향을 바꾸어 뒷덜미를 노리고 파고드는 위맹한 소리가 귓가를 헤집었다.

진퇴양난의 순간!

방천호는 결국 검을 포기하는 선택을 내렸다.

'답이 없구나. 최대한 시간을 벌 수밖에!'

비록 목숨은 건졌지만 이번 교전으로 인해 원두엽과의 무공 차이를 확연히 깨달은 방천호가 표정을 굳혔다.

불행 중 다행이라면 만약의 상황을 대비해 여분의 검 한 자루를 갖고 있다는 것이었지만, 이 검으로 원두엽을 처리하는 것은 불가능했다.

'표물이라도 무사해야 할 텐데!'

낯빛이 어둡게 변한 방천호가 재빨리 상황을 살폈다.

표사들이 만호채의 산적들을 맞아 죽음을 두려워하지 않고 용맹하게 싸우고 있지만, 일방적으로 밀리고 있었다.

그리고 위험에 처한 것은 표사들만이 아니었다.

무공도 익히지 않은 쟁자수들의 앞으로 피 묻은 도를 들고 다가서는 만호채의 산적들을 확인한 방천호가 표정을 굳혔다.

'내가 부족한 탓에 아까운 목숨들이 너무 많이 사라지는구나!'

방천호가 두 눈을 질끈 감아 버리고 싶은 것을 꾹 참고, 여분의 검을 빼 들었다.

아까운 자들의 희생을 무위로 돌릴 수는 없는 노릇.

표물이 무사히 빠져나갈 수 있는 시간을 벌기 위해서라도 최선을 다해 싸워야 했다.

다시 각오를 다진 방천호가 피가 날 정도로 입술을 꽉 깨물며 검을 쥔 손에 힘을 더했을 때였다.

끄아악!

고통에 찬 비명성이 방천호의 귓가로 파고들었다.

그 비명성이 들린 방향으로 재빨리 고개를 돌렸던 방천호가 두 눈을 가늘게 떴다.

맹호표국의 표사나 쟁자수가 내지른 비명일 거라 짐작했는데, 그 짐작이 빗나갔다.

바닥에 쓰러진 채 경련을 일으키고 있는 것은 만호채의 산적이었다.

그리고 그 산적의 앞에 서 있는 것은 운이 없게도 마침 이곳을 지나가고 있던 뚱뚱한 청년이었다.

'산적이라고?'

방천호에게서 지금 대치하고 있는 자들이 만호채의 산적이라는 이야기를 들은 순간, 진풍이 두 눈을 빛냈다.

기련산에서 십 년간 갇혀 있었으니, 녹림칠십이채 중 한 곳이라는 만호채에 대해서 알 리 없었다.

그러니 겁이 난 것은 아니었다.

오히려 호기심이 동했다.

그저 사부들에게서 귀동냥으로만 들었던 산적들이 궁금했다.

물론 이 싸움에 끼어들 생각은 손톱만큼도 없었다.

진풍의 의도는 순수한 구경이었다.

그런데 도중에 생각이 바뀐 것은 만호채의 산적 때문이었다.

"우리는 무공도 모르는 쟁자수들입니다. 제발 살려 주십시오."

"노모도 모셔야 하고 자식도 셋이나 있습니다. 살려 주세요."

"끅끅, 목숨만 살려 주세요, 나리."

겁에 질린 쟁자수들이 앞 다투어 땅에 머리를 박으며 피 묻은 도를 들고 다가온 염소수염 산적에게 목숨을 구걸했다.

"나리, 산적 생활 십수 년 만에 나리 소리를 들어 보긴 처음이군. 특별히 네놈은 고통 없이 죽여 주지!"

낄낄거리던 염소수염 산적이 피 묻은 도를 허공으로 들어 올리고 내려치려다가 멈칫했다.

"이 돼지 새끼는 뭐야? 넌 왜 무릎 꿇고 살려 달라고 안 빌어?"

염소수염을 실룩이며 산적이 소리쳤다.

"내가 왜 빌어야 해?"

"내가 왜? 돼지 새끼라서 사람 말을 전혀 못 알아듣나!"

돼지 새끼라는 말을 듣고 나자, 슬슬 빈정이 상했다.

서괴 사부에게 돼지 새끼라는 소리를 워낙 많이 들어서 어느 정도 면역이 생기긴 했지만, 생면부지인 산적에게서 돼지 새끼라는 말을 듣고 나니 기분이 상했다.

"뭐하는가? 얼른 살려 달라고 빌게."

"나리, 이자는 쟁자수가 아닙니다. 그러니 노여움을 푸십시오."

그 사이에 바닥에 납작 엎드린 쟁자수들이 바짓가랑이를 붙잡고 앞 다투어 소리쳤다.

"쟁자수가 아니라고?"

진풍이 맹호표국에 속한 쟁자수가 아니라는 사실을 알고서 두 눈을 가늘게 뜨고 살피던 염소수염 산적이 다그치듯 소리쳤다.

"돼지 새끼, 등에 매고 있는 그 봇짐 풀어 봐!"

"봇짐은 왜?"

"왜냐고? 돼지 새끼라 그런지 사람 말을 못 알아듣는 거로구만. 산적이 봇짐 꺼내서 풀어 보라는 이유가 뭐겠어? 노잣돈이라도 챙겨 줄 것 같아? 그 봇짐 속에 들어 있는 네 노잣돈을 털어 가려는 거지."

"돈은 없는데."

사부들은 치사했다.

십 년 가까이 실컷 부려 먹어 놓고는 진풍이 하산할 때도 노잣돈 한 푼 챙겨 주지 않았다.

"그 말을 순순히 믿으라고? 얼른 봇짐이나 풀어 봐."

그렇지만 염소수염 산적은 진풍의 말을 믿어 주는 대신, 어서 봇짐을 풀어 보라고 재촉했다.

그냥 시키는 대로 봇짐을 건네 주려 했던 진풍이 도중에 멈칫했다.

봇짐 속에 들어 있는 당과가 퍼뜩 떠올랐기 때문이었다.

진풍에게 있어서 돈보다 귀한 물건은 바로 당과.

그 당과를 빼앗길지도 모른다는 두려움이 엄습한 순간, 진풍은 순순히 봇짐을 건네 주지 않기로 마음먹었다.

"안 돼."

"안 된다고? 이거 더 수상한데. 그 봇짐 속에 돈이 들어 있는 게 틀림없구만."

봇짐을 노려보는 산적의 두 눈이 빛나는 것을 확인한 진풍이 봇짐을 품에 꼭 끌어안았다.

"낄낄. 내가 냄새 하나는 기가 막히게 맡지. 그 봇짐에서 아까부터 달콤한 돈 냄새가 풍기더라니까."

돈 냄새가 아니었다.

봇짐에서 달콤한 냄새가 풍긴 이유는 당과 때문이었다.

"돼지 새끼! 계속 버틴다고 뭐가 달라질 것 같아? 얼른 가져오지 못 해!"

염소수염 산적이 헤벌쩍 웃으며 다가오는 것을 확인한 진풍이 한숨을 내쉬었다.

'그냥 구경만 할 생각이었는데.'

이제 상황이 달라졌다.

소중한 당과를 산적에게 빼앗길 수는 없었다.

그래서 진풍이 주먹을 꽉 말아 쥐었다.

"이 돼지 새끼가 감히 주먹을 쥐어? 목숨이 아깝지 않은 모양이구나. 일단 돼지 새끼의 멱따는 소리부터 들어 볼까?"

염소수염 산적이 피 묻은 도를 들어 올린 순간, 진풍이 봇짐을 다시 등에 맸다.

'사부들이 함부로 힘자랑하지 말라고 했는데!'

지금은 선택의 여지가 없었다.

슈아악.

머리 위로 떨어져 내리는 도를 힐끗 살핀 진풍이 좌로 한 걸음을 움직였다.

출렁.

두툼한 뱃살이 출렁거렸다.

뱃살이 흔들리는 반동을 이용해서 재빨리 한 발 앞으로 내딛은 진풍이 어깨로 염소수염 산적의 가슴을 슬쩍 밀쳤다.

쿵.

"끄아악!"

염소수염 산적이 비명을 내질렀다.

그리고 염소수염 산적이 바닥에 쓰러져 발작하듯 경련을 일으키는 모습을 진풍이 어이없는 표정을 지은 채 바라보았다.

'왜 저래?'

별로 한 것도 없었다.

봇짐을 낚아채지 못 하도록 어깨로 슬쩍 가슴을 밀친 것이 다였다.

그런데 염소수염 산적은 바닥에 쓰러진 채 경련까지 일으키며 부들부들 떨고 있었다.

아무래도 엄살이 너무 과하다는 생각에 진풍이 입을 뗐다.

"아픈 척은 그쯤 하고 일어나지!"

진풍이 재촉했지만, 염소수염 산적은 얼른 일어나지 않았다.

그리고 염소수염 산적을 대신해 움직인 것은 겁에 질려 벌벌 떨던 쟁자수들 가운데 한 명이었다.

경련이 멈추고 그냥 바닥에 누워 있는 염소수염 산적의 곁으로 다가간 쟁자수가 떨리는 손을 목에 갖다 댔다.

"죽었…… 어."

'죽었다고?'

진풍이 코에서 검은 피를 흘리며 바닥에 드러누운 염소수염 산적을 멀뚱히 바라보았다.

정말 어깨로 가슴을 슬쩍 민 게 전부였다.

기련산 정상에서 생활할 때 아무리 어깨로 힘껏 밀어 봐도 사부들은 눈도 꿈쩍하지 않았다.

그래서 당연히 엄살인 줄 알았는데.

염소수염 산적이 죽었다는 사실을 안 순간, 진풍의 머릿속이 헝클어졌다.

'산적이 원래 이렇게 약한 건가?'

달리 생각할 수 있는 것이 없었다.

그리고 진풍에게는 이 상황에 대해 깊게 고민할 시간도 주어지지 않았다.

염소수염 산적의 비명 소리를 들은 산적들이 우르르 몰려들고 있었다.

"소협! 살려 주십시오."

"저희가 고수를 곁에 두고도 고수임을 몰라보았습니다. 제발 저희들을 불쌍히 여겨 살려주십시오."

"소협, 노모도 돌봐야 하고, 자식들도 셋이나 있습니다. 제발 살려 주십시오."

쟁자수들이 앞 다투어 바짓가랑이를 붙잡고 애원하기 시작했다.

결국 진풍이 다시 주먹을 말아 쥐었다.

제발 살려 달라고 애원하는 쟁자수들 때문이 아니었다.

만호채의 산적들에게 봇짐 속에 들어 있는 당과를 빼앗길지도 모른다는 걱정 때문에 내린 결정이었다.

"감히 네놈이 부채주를 건드려?"

"넌 뒈졌다!"

우르르 몰려든 산적들이 각자의 병기를 꼬나 쥔 채 진풍에게 달려들었다.

죽이려고 했던 게 아니라 그냥 슬쩍 민 것뿐이었다는 변명을 할 여유도 없었다.

출렁!

봇짐 속에 들어 있는 당과를 지키기 위해서 다시 움직이기 시작한 진풍의 두툼한 뱃살이 흔들렸다.

6장
환영받지 못한 귀환

만호채의 채주인 원두엽은 성질이 지랄 맞기로 소문이 자자했다.

시정잡배만도 못한 놈이라고 알려진 원두엽이었지만, 그는 녹림칠십이채 중 한곳인 만호채의 채주.

그리고 원두엽이 만호채의 채주를 차지하는 데 결정적인 역할을 두 가지는 뛰어난 무공 실력과 재빠른 상황 파악 능력이었다.

쉽게 말해 원두엽은 눈치가 빨랐다.

수하들을 상대하는 뚱뚱한 청년이 엄청난 고수라는 사실을 알아챈 원두엽은 뒤도 돌아보지 않고 줄행랑을 쳤다.

덕분에 목숨을 건진 방천호가 어리둥절한 표정을 지은 채 뚱뚱한 청년을 바라보았다.

다시 살펴도 청년은 압도적으로 뚱뚱했다.

그냥 걸어 다니는 것도 힘겨워 보일 정도로 뚱뚱했는데, 조금 전 산적들을 상대하며 보여 준 청년의 움직임은 방천호의 입을 쩍 벌어지게 만들 정도였다.

뱃살을 출렁거리며 동에 번쩍 서에 번쩍 하던 뚱뚱한 청년의 움직임은 기민했다.

그리고 파괴력도 엄청났다.

어깨나 팔꿈치로 슬쩍 민 것처럼 보였는데, 산적들은 약속이라도 한 것처럼 일제히 나가떨어졌다.

벌리고 있던 입을 간신히 닫은 방천호가 뚱뚱한 청년의 앞으로 다가갔다.

"정식으로 소개하겠습니다. 저는 맹호표국의 국주이자 총표두를 맡고 있는 방천호라고 합니다. 소협이 도움을 주신 것에 감사드립니다."

진심을 담아서 감사 인사를 하면서 방천호가 뚱뚱한 청년을 좀 더 자세히 살폈다.

녹림의 산적들 가운데 실력이 뛰어나다고 알려진 만호채의 산적들을 스무 명 가까이 쓰러트렸음에도 불구하고, 뚱뚱한 청년은 힘든 기색이 전혀 없었다.

호흡조차 가빠지지 않았다는 것은 뚱뚱한 청년이 엄청난 고수라는 증거!

뚱뚱한 외형만 보고 잘못 판단했던 자신의 경솔함을 자책하고 있을 때, 뚱뚱한 청년이 머리를 긁적이며 멋쩍은 표정을 지었다.

"뭐, 별로 한 것도 없는데."

뚱뚱한 청년이 꺼낸 말을 들은 방천호가 진심으로 감탄했다.

본신 실력만 뛰어난 것이 아니었다.

겸손함까지 갖추고 있었다.

"소협 덕분에 저와 저희 표국의 표사들의 목숨을 보전할 수 있었습니다. 당연히 감사 인사를 드려야지요. 실례가 되지 않는다면 소협의 대명을 들을 수 있겠습니까?"

"이름요?"

"네. 대명을 알려 주십시오. 꼭 은혜를 갚고 싶습니다."

"서진풍인데요."

'서진풍이라.'

방천호가 서진풍이라는 이름을 떠올리기 위해 급히 머릿속을 뒤졌다.

청해성에서 명성을 조금이라도 떨치는 자들을 모두 기억하고 있는 방천호였지만, 서진풍이라는 이름은 기억에 없었다.

'아직 명성이 알려지지 않은 신진 고수로구나!'

재빨리 결론을 내린 방천호가 마른침을 삼켰다.

서진풍이란 청년에게 욕심이 생겼다.

혜성처럼 등장한 고수인 이 청년을 고수가 부족한 맹호표국에 끌어 들일 수만 있다면, 엄청난 도움이 되리라.

그 욕심을 감추지 못 하고 방천호가 조심스럽게 입을 뗐다.

"실례가 되지 않는다면 지금 서 소협께서 무슨 일을 하고 계시는지 알고 싶습니다."

"저는…… 집으로 가고 있는데요."

"따로 하시는 일이……?"

"따로 하는 일은 없는데요."

서진풍의 대답을 들은 방천호가 하마터면 무릎을 탁 소리가 나게 칠 뻔했다.

아직 소속된 곳이 없으니 맹호표국으로 영입할 수 있다는 계산이 섰다.

재빨리 계산을 마친 방천호는 지체하지 않고 실행으로 옮겼다.

"제가 서 소협께 제안을 하나 드려도 되겠습니까?"

"무슨 제안인데요?"

"저희 맹호표국의 표사가 되어 주시지 않으시겠습니까?"

"표사요?"

맹호표국의 표사가 되는 것은 쉬운 일이 아니었다.

그래서 반색할 거라 여겼던 서진풍의 반응이 시큰둥한 것을 확인한 방천호의 낯빛이 어두워졌다.

어리숙해 보였지만 절대 호락호락하지 않았다.

"죄송합니다, 소협. 제가 잠시 실수를 했습니다. 표사가 아니라 표두를 맡아 주셨으면 합니다."

표사가 아니라 표두라고 정정했지만, 서진풍의 반응은 여전히 시큰둥했다.

그래서 방천호의 속이 까맣게 타들어갔다.

'벌써 빈정이 상한 건가? 월봉 몇 푼 아끼려고 꼼수를 쓰다가 대어를 놓치는 건가?'

방천호가 안절부절 못 하고 있는 사이, 잠시 생각에 잠겨 있던 서진풍이 대답했다.

"싫은데요."

"왜?"

"우선은 좀 쉬고 싶거든요."

방천호가 결국 표정을 굳혔다.

우선은 좀 쉬고 싶다는 서진풍의 말이 다른 표국에서 해 줄 대우를 비교해 보고 결정하겠다는 말처럼 들렸다.

상황이 이리 된 마당이니, 더 고집을 피울 수는 없는 노릇.

방천호가 마지막 승부수를 띄웠다.

"그러시다면 근간 맹호표국에 꼭 한 번 들러 주십시오. 감사 인사를 겸해서 절대 섭섭지 않게 대접을 하고 싶습니다."

"그럴게요."

'역시 만만치 않군!'

맹호표국과 이어진 끈도 잘라 내지 않고 노련하게 협상하는 서진풍을 확인한 방천호가 속으로 혀를 내둘렀다.

'무슨 수를 써서라도 꼭 우리 맹호표국에 영입해야 해!'

각오를 다진 방천호가 봇짐을 등에 맨 채 걸음을 옮기기 시작한 서진풍의 등에 대고 소리쳤다.

"소협께서 찾아올 때까지 학수고대하며 기다리겠습니다!"

●

표두와 표사, 그리고 쟁자수.

표국의 구성원에 대해서 진풍은 자세히 몰랐다.

방천호가 했던 제안은 그저 표국에서 일해 보는 게 어떠냐는 것처럼 들렸다.

그 제안을 받고 잠시 망설였지만, 진풍은 결국 거절했다.

우선은 십 년 만에 집으로 돌아가는 게 우선이었기 때문이었다.

"일단 좀 쉬어야지!"

지난 십 년간 성질이 지랄 맞은 사부들의 수발을 드느라 생고생을 했으니, 우선은 좀 쉬고 싶은 마음도 컸다.

조용히 청해성으로 돌아온 진풍이 가장 먼저 찾은 곳은 당연히 백화장이었다.

십 년 전보다 조금 색이 바랜 백화장의 현판을 물끄러미 올려다보던 진풍이 백화장의 문을 밀어젖혔다.

삐거덕거리는 소리와 함께 문이 열리고 나서 백화장 안으로 들어선 진풍이 가장 먼저 마주한 것은 아버지인 서만석이었다.

빗자루를 들고 마당을 쓸고 계시던 아버지는 비질을 멈추고 갑자기 들어선 진풍을 빤히 바라보셨다.

십 년이란 세월의 흐름이 고스란히 묻어나는 주름이 깊어진 아버지의 얼굴을 확인한 진풍이 양팔을 벌렸다.

무려 십 년 만의 재회.

기련산에서 사부들에게 시달리면서 수천 번씩이나 상상했던 순간이었다.

그 상상 속에서 진풍과 아버지는 뜨거운 포옹을 한 후 눈물을 흘리며 재회의 기쁨을 나누었었다.

그래서 양팔을 벌린 채 다가가려던 순간, 아버지가 손에 들린 빗자루를 무기처럼 앞으로 내밀고 경계하는 자세를 취했다.

"아……."

"누구냐?"

"저예요, 진……."

"역시 진가 놈이 보낸 거로구나. 먹고 죽으려고 해도 돈이 없다고 했지 않느냐? 차라리 날 죽여라."

아버지는 전혀 자신을 알아보는 기색이 아니었다.

그래서 잠시 서운한 마음이 깃들었다.

"아들도 몰라보세요?"

"아들? 지금 무슨 소릴 하는 거냐? 우리 순풍이는 지금 출타 중인데."

"아들이 하나 더 있잖아요."

"진풍이? 그걸 네가 어찌 아느냐? 설마 가족들까지 건드리려고……."

"제가 진풍이거든요."

"응?"

"제가 아버지 아들이라고요."

"니가…… 진풍이라고?"

"많이 변했죠?"

"정말…… 하나도 안 변했구나."

"……?"

"이 압도적인 뚱뚱함이라니."

툭.

아버지의 손에 들려 있던 빗자루가 바닥으로 떨어졌다.

이제 양팔을 벌리고 다가와서 자신을 꽉 안아 줄 거라 진풍이 기대했는데, 아버지의 반응이 조금 이상했다.

"좀 달라졌으면 좋았을걸!"

땅이 꺼져라 한숨을 내쉬던 아버지는 다짜고짜 질문부터 던져 냈다.

"그동안 어디서 뭘 하면서 지냈느냐?"

"그게…… 납치됐었어요."

"누구에게 납치됐었느냐?"

"막내 사부에게요."

"막내 사부? 그럼 혹시…… 혹시 말인데 고수가 됐느냐?"

아버지는 잔뜩 기대에 찬 시선을 던지며 질문했다.

그런 아버지의 기대를 실망으로 바꿔 놓는 것이 미안했지만, 진풍은 솔직하게 대답했다.

"사람 구실은 할 수 있게 됐대요."

"사람 구실?"

"그렇다네요."

"기가…… 막히는군."

"저도 마찬가지예요."

아버지는 끝내 진풍을 따뜻하게 안아 주지 않았다.

"그냥 돌아오지 않는 편이 더 좋았을지도."

그래서 서운한 표정을 짓고 있던 진풍의 귀에 아버지가 혼잣말처럼 중얼거리는 이야기가 들렸다.

복화루의 탁자에 앉은 서문화경이 엽차를 마시며 앞에 앉은 허름한 차림의 아낙네에게 열변을 토해 내기 시작했다.

"혹시 벌모세수에 대해 들어 본 적 있어?"

"벌모세수요?"

"몰라? 벌모세수는 애가 태어나자마자 비싼 영약을 먹이고 고수들이 진기를 주입해서 아이의 혈을 뚫어 주는 거야. 남궁세가 같은 명문세가의 후계자들은 다 벌모세수를 하지. 쉽게 설명하면 고수를 만드는 기초 작업 같은 거지."

서문화경의 이야기를 경청하던 아낙네가 살짝 어두워진

표정으로 물었다.

"벌모세수를 하려면 돈이 많이 들지 않을까요?"

"돈? 많이 들지. 그것도 엄청나게 많이 들지."

"아무래도 저희 형편에는 어려울 것 같아요."

아낙네의 허름한 복색을 살핀 서문화경이 이해한다는 듯 고개를 끄덕였다.

"알고 있어."

"네?"

"그래서 포기할 거야? 귀한 아들이 평생 구질구질하게 살도록 내버려 둘 거야?"

"그건……."

아낙네의 눈동자가 흔들리는 것을 확인한 서문화경이 기회를 놓치지 않고 재빨리 열변을 토해 냈다.

"그래서 조기 교육이 더 중요한 거야. 있는 집에서 태어나 벌모세수까지 받은 애들이랑 경쟁하려면 조기 교육은 필수야, 필수!"

"그렇긴 한데."

"우리 애들 보면 모르겠어? 용흥표국, 들어봤지?"

"용흥표국요?"

"용흥표국 몰라? 곧 중원 제일의 표국이 될 곳이야. 우리 첫째인 순풍이가 바로 그 용흥표국의 표두야. 그리고 지금은 표두지만 워낙 능력이 뛰어나서 얼마 지나지 않아 총표두로 진급할 거고."

용홍표국은 새로 생긴 지 얼마 되지 않은 자그마한 표국이었다.

그리고 순풍이가 총표두가 되는 것은 멀고 먼 훗날의 일이었다.

사실 순풍이는 표두가 아니라 표사였으니까.

그러나 아직 세상 물정 모르는 순진한 아낙네는 순순히 믿는 기색이었다.

그래서 서문화경의 목소리에 힘이 실렸다.

"첫째인 순풍이는 아무것도 아냐. 내가 조기 교육에 심혈을 기울여 만든 최고의 작품은 우리 둘째인 진풍이야. 무림맹 영재 발굴 대회, 알지?"

"무림맹 영재 발굴 대회라면 십 년 전에 딱 한 번 열렸다가 폐지된 대회잖아요?"

"맞아. 우리 진풍이가 십 년 전에 무림맹 영재 발굴 대회에 참가했었어. 그리고 천 명이 넘는 지원자를 제치고 청해성 예선에서 우승을 했었지."

십 년은 짧은 시간이 아니었다.

그래서일까?

세상 사람들은 너무 쉽게 당시의 일을 잊어 갔고, 지금 마주 앉아 있는 아낙네도 마찬가지처럼 보였다.

"어머, 정말 대단하네요."

"그렇지."

"그럼 지금 둘째 아드님은 뭘 하시는데요? 무림맹에서 요직을 차지하고 있는 건가요?"

"그게…….."

선뜻 대답하지 못하고 말끝을 흐렸던 서문화경이 덧붙였다.

"곧 그렇게 될 거야."

"그럼 지금은?"

'어떻게 답해야 할까?'

서문화경이 바로 대답하지 않고 잠시 망설이고 있을 때, 진한 분 내음이 코끝을 스쳤다.

그리고 화려한 비단옷을 입고 장신구를 주렁주렁 매단 조소영이 아낙네들을 여럿 이끌고 서문화경이 앉아 있는 탁자 앞으로 다가왔다.

"어머, 서문 부인. 오래간만이예요."

'이 붙여시 같은 년과 하필 지금 맞닥트리다니!'

서문화경이 미간을 좁히며 인상을 쓸 때, 조소영이 얄밉게 웃으며 덧붙였다.

"강남회는 해체됐다고 들었는데 헛소문이었나 보군요. 그런데 이게 무슨 향이야? 싸구려 엽차 향이 나는데."

코를 틀어쥔 채 과장된 몸짓을 보이던 조소영이 딱한 표정을 지었다.

그 반응을 살피던 서문화경의 얼굴이 벌겋게 상기됐다.

예전에야 잘나갔지만, 염왕채를 과하게 쓴 탓에 지금은 백화장의 가세가 잔뜩 기울어져 있었다.

그래서 용정차 대신 가장 싼 엽차를 마시는 처량한 신세
가 됐고.

"오해하지 마. 요즘은 엽차가 입에 맞더라고."

"어머, 용정차가 아니면 입도 대지도 않던 그 고급스럽던
입이 어쩌다 이렇게 싸구려가 됐을까? 참, 그런데 이분은
누구세요? 소개 좀 시켜 주세요."

"무경장의 안주인이야."

"무경장? 난 들어 본 적이 없는데. 혹시 들어 본 적 있는
분?"

조소영의 옆에 서 있던 강북회의 아낙네들이 일제히 고개
를 흔들었다.

그 반응에 만족한 표정을 짓던 조소영이 턱을 오만하게
쳐 든 채 말했다.

"어쨌든 반가워요. 난 벽검장의 안주인이자 강북회의 계
주인 조소용이라고 해요."

"아, 네."

"근데 조금 전에 백화장의 둘째 아들인 진풍이가 지금 뭐
하냐고 물으셨죠? 그 질문에 대한 답은 서문부인을 대신해
서 제가 해 드리죠."

"......?"

"가출했어요."

서문화경이 더 참지 못 하고 벌떡 일어났다.

"지금 무슨 헛소리를 늘어놓는 거야?!"

"어머, 제 말이 틀렸나요? 서문 부인이 욕심을 과하게 부려서 재능도 없는 아들을 너무 몰아붙이니까 진풍이가 참지 못 하고 가출했잖아요."

"우리 아들이 왜 재능이 없어? 진풍이는 무림맹 영재 발굴 대회 청해성 예선에서 우승까지 차지한 영재 중의 영재라고."

"돈지랄을 해서 억지로 우승을 시켰죠."

"뭐?"

"진짜 실력이 아니라 대회의 심사관을 매수해서 우승했다는 것, 청해성에 모르는 사람이 없을걸요."

억울하고 분한 마음에 눈물이 왈칵 쏟아질 지경이었다.

서문화경이 이를 악문 채 간신히 쏟아지려는 눈물을 참고 있을 때, 조소영의 독설이 이어졌다.

"그리고 염왕채까지 무리하게 써서 돈지랄을 한 탓에 꽤 잘나가던 백화장은 쫄딱 망했죠. 아까 뭐라 그랬었죠? 아, 무경장의 안주인이라고 했었죠? 그쪽도 조심하세요. 서문 부인이 시키는 대로 하다가는 애는 애대로 버리고, 무경장도 한 방에 훅 가는 수가 있으니까."

"그게 정말…… 인가요?"

"당연하죠. 무림맹 영재 발굴 대회 청해성 예선에서 우승했던 서문 부인의 둘째 아들이 가출한 덕분에 당시 청해성 예선에서 차석을 차지했던 내 아들 상화가 대신 무림맹 영재 발굴 대회에 참가해서 좋은 성적을 거두었어요. 그리고 타고난 무공 재능을 인정받아서 지금 무림맹에서 일하고 있죠. 혹시 용봉단이라고 들어 봤어요?"

"용봉단이라면…… 무림맹에서도 빼어난 후기지수들만 모인 단체잖아요?"

"호오, 알고 있다니 설명하기 쉽겠네요."

"그럼 혹시 아드님이 용봉단에 몸담고 있는 건가요?"

"그냥 몸담고 있는 게 다가 아니랍니다. 부단주 직책을 맡고 있죠. 얼마 전에 기별이 왔는데 머지않아 용봉단의 기재들을 이끌고 무림맹주께서 직접 지시한 임무를 수행하기 위해서 청해성으로 찾아올 거랍니다, 호호호."

조소영의 말이 끝나자, 무경장의 안주인인 여자의 두 눈에 선망의 빛이 떠올랐다.

"정말 대단해요."

"댁의 아이도 우리 아이처럼 잘 키우고 싶지 않아요?"

"당연히 그러고 싶죠."

"그럼 우리 강북회에 가입해요."

"강북회요?"

"괜히 서문 부인의 충고를 듣다가 패가망신하지 말고, 강북회로 들어오면 고급 정보들을 얻을 수 있답니다. 호호."

조소영의 경쾌한 웃음소리가 복화루 내부에 울려 퍼졌다.

이가 부러지지 않을까 걱정될 정도로 꽉 깨물고 있던 서문화경이 악에 받친 목소리로 소리쳤다.

"우리 아들이 사라진 덕분에 상화, 그놈이 대타로 무림맹에 들어간 거야. 그런 주제에 큰소리는⋯⋯."

"대타 맞아요."

"⋯⋯?"

"하지만 중요한 건 현재죠. 우리 아들 상화는 소문난 기재들만 모인 용봉단의 부단주가 됐는데, 서문부인의 둘째 아들은 지금 어떻게 됐죠? 십 년 전에 가출해서 돌아오지도 않고 있죠. 어쩌면 지금쯤 죽었을지도 모르겠네."

"야, 이년아! 죽긴 누가 죽어?"

"어머, 왜 채신머리없이 욕을 하고 그러실까? 그리고 살아 있는데 왜 십 년 동안 연락 한 번 없었을까?"

"그건⋯⋯ 우리 진풍이가 무공을 익히느라 바빠서 그래. 우리 아들은 대단한 고수가 돼서 돌아올 테니 두고 봐."

"흥, 아직 정신 차리려면 멀었네."

차갑게 웃으며 콧방귀를 뀌는 조소영을 바라보던 서문화경의 꽉 쥔 주먹이 부들부들 떨렸다.

"우리 아들만 돌아오면⋯⋯ 우리 아들만 다시 돌아오면⋯⋯."

그리고 지지 않기 위해 이를 갈며 뇌까리고 있을 때였다.

복화루의 문이 열리고 뚱뚱한 청년이 들어왔다.

"어서 옵⋯⋯ 쇼."

노련한 점소이의 말문까지 막히게 할 정도로 청년은 엄청나게 뚱뚱했다.

"저게 사람이야, 돼지야?"

"잘하면 굴러다니겠네."

"저런 뚱뚱한 애를 낳은 엄마는 밥이 목구멍으로 넘어갈까?"

마치 수행원처럼 조소영의 뒤에 늘어서 있던 강북회의 계원들이 속닥거리는 소리를 들으며 서문화경이 뚱뚱한 청년에게로 고개를 돌렸다.

"저 청년이 서문 부인의 둘째 아들이랑 닮았네요. 그 아이도 무척 뚱뚱했었는데."

"무슨 소리야? 우리 진풍이는 뚱뚱한 게 아니라 통통한 편이었다고."

조소영의 말에 서문화경이 냉큼 반박하고 있을 때, 압도적인 뚱뚱함으로 객잔 안의 사람들의 시선을 모두 잡아끈 청년이 서문화경의 앞으로 다가왔다.

"누구……?"

"엄마!"

"엄…… 마?"

"응, 엄마!"

"내가 왜 니 엄마야?"

"나 진풍이야."

청년이 웃을 때마다 단추 구멍처럼 작은 눈이 아예 사라져 버렸다.

그리고 자신에게 엄마라고 부르고 있는 뚱뚱한 청년을 유심히 살피던 서문화경의 다리 힘이 풀렸다.

닮았다.

지금 눈앞에 서 있는 뚱뚱한 청년과 어린 시절 진풍이는 분명히 닮았다.

십 년의 시간이 흘렀다고 해서 에미가 어찌 자식을 몰라볼까?

게다가 압도적인 뚱뚱함은 여전히 그대로인데.

"거짓…… 말!"

그러나 순순히 인정하는 것이 힘들었다.

그래서 뒷걸음질을 치고 있자, 뚱뚱한 청년이 얼굴 가득 서운한 기색을 드러낸 채 입을 열었다.

"엄마도 내가 전혀 반갑지 않은가 보네."

　　　　　　　　　　　　◐

하아.

서만석이 탄식을 내뱉었다.

후우.

서문화경이 한숨을 내쉬었다.

그리 넓지 않은 방 안은 부부가 번갈아 내쉬는 한숨 소리로 가득 찼다.

못마땅한 표정으로 서문화경을 노려보던 서만석이 방 안에 흐르고 있던 침묵을 먼저 깨트렸다.

"왜 한숨을 내쉬는 거요? 당신이 그렇게 기다리던 진풍이가 십 년 만에 돌아왔는데 춤이라도 추지 않고?"

"그런 당신은 왜 한숨을 푹푹 내쉬는데요?"

"그걸 몰라서 묻소? 당신도 나와 같은 마음 아니오?"

"난…… 난 아직 포기하지 않았어요."

서문화경이 꺼낸 말을 들은 서만석이 비웃음을 던졌다.

"진풍이를 직접 보고도 그런 말이 나오는 거요? 내 예전부터 누누이 말했지만, 당신은 참 긍정적이어서 좋겠소."

"칭찬으로 듣죠."

"흥, 당신의 그 긍정이 우리 백화장을 이리 만들었지. 그래, 어디 들어나 봅시다. 아직 뭘 기대하는 거요?"

"우리 진풍이가 엄청난 고수가 됐을 가능성도 있잖아요."

미련한 걸까?

아니면, 집착이 심한 걸까?

일말의 기대를 품은 채 서문화경이 던진 말을 듣고 있던 서만석이 사정없이 찬물을 끼얹어 주었다.

"저렇게 뚱뚱한 고수, 본 적 있소?"

"그건……."

"진풍이랑 얘기는 나눠 본 거요?"

"아직 안 했어요."

"그럴 줄 알았소. 그랬다면 그렇게 긍정적이지 못 했을 텐데."

"그게 무슨 소리예요?"

"지난 십 년간 뭘 하고 지냈는지 벌써 진풍이에게 물어

봤소."

"뭐라던가요?"

"이상한 노인들을 만나서 수발만 들다가 돌아왔다 하더군."

"혹시?"

"혹시, 뭐요?"

"그 이상한 노인들이 은거 고수들이 아니었을까요?"

"아니라고 딱 잘라 말했소. 말 그대로 이상한 노인들이었다고 했소. 그리고 십 년간 수발을 든 끝에 진풍이는……."

"진풍이는 뭐예요? 뜸들이지 말고 말해 봐요."

"사람 구실을 할 수 있을 정도가 됐다고 하오."

서문화경이 다리에 힘이 풀려서 털썩 주저앉는 것을 확인한 서만석이 다시 한숨을 내쉬며 입을 뗐다.

"이제 그만 포기하시오."

"뭘 포기하란 거예요?"

"뭐긴 뭐겠소? 진풍이에 대한 기대지."

"어떻게 포기해요? 내가 진풍이에게 들인 돈과 노력이 얼만데."

"당신이 내 반대를 무릅쓰고 엄청난 돈과 노력을 들인 결과물이 바로 지금의 진풍이요."

"그건……."

"헛된 기대하지 말고 현실을 받아들이시오. 이게 다 당신의 욕심 때문이…… 됐소. 울지 마시오. 울지 말고 앞으로 진풍이 녀석이 뭘 먹고 살지나 고민합시다."

마음 같아서는 서문화경을 더 독하게 몰아붙이고 싶었다.

그렇지만 서문화경의 두 눈에서 흘러내리고 있는 눈물을 확인하고 나자, 서만석은 마음이 약해졌다.

"장가는 보내야 하지 않겠소? 그러려면 변변한 직업이 있어야겠지."

"진풍이가 뭘 할 수 있겠어요?"

"허 국주에게 부탁해야겠소."

"용흥표국의 허 국주요? 당신이 조르고 졸라서 순풍이를 간신히 용흥표국의 표사로 취직시켰는데, 진풍이까지 받아줄까요?"

"부탁은 해 봐야지 않겠소. 그래도 자식이니."

"그렇긴 하죠."

"정 표사가 안 되면 쟁자수로라도 받아 달라고 부탁해 봐야겠소."

"내가 진풍이한테 들인 돈과 노력이 얼마인데 겨우 쟁자수라니. 흑흑."

다시금 눈물을 쏟고 있는 서문화경을 달래던 서만석이 땅이 꺼져라 한숨을 내쉬었다.

진풍이가 십 년 만에 돌아온 날, 백화장의 마지막 희망이 무너져 버렸다.

아버지와 어머니는 무려 십 년 만에 돌아온 자신을 끝내 따뜻하게 한 번 안아 주지 않았다.

반가운 기색은커녕 오히려 자신이 돌아온 것에 실망한 기색을 노골적으로 드러냈다.

"너무하네."

진풍이 서운한 마음을 달래기 위해 달짝지근한 당과를 입에 넣고 우물거리고 있을 때, 방문이 벌컥 열렸다.

그리고 문을 열었던 형은 그대로 석상처럼 굳어져 버렸다.

"형!"

진풍이 반갑게 불렀지만, 형인 순풍 역시 살갑게 다가와 따뜻하게 안아 주지 않았다.

그리고 이유는 모르겠지만, 원망이 가득한 눈으로 자신을 바라보고 있었다.

"나쁜 놈!"

"왜 그래?"

"지금 목구멍으로 당과가 넘어가냐?"

반갑게 인사를 건네는 대신, 매몰차게 소리치는 형을 진풍이 의아하게 바라보았다.

"대체 왜 그러는 건데?"

"진짜 몰라서 물어?"

"모르니까 묻지."

"네가 갑자기 사라져 버린 탓에 내가 엄마에게 얼마나 시달렸는지 알아? 숨이 턱턱 막힐 지경이었어!"

악을 쓰며 소리치는 형을 진풍이 안쓰럽게 바라보았다.

비로소 형이 저렇게 원망 섞인 눈초리를 던지는 이유를 알 수 있었다.

자신이 갑자기 사라지고 나서 엄마에게 형이 얼마나 시달렸을까?

하지만 지금 소리치고 있는 형은 몰랐다.

엄마에게 시달리는 것도 지옥 같은 시간이었겠지만, 기련산에게 네 사부에게 시달린 진풍 역시 지옥을 경험하고 돌아왔다는 사실을.

"의리 없는 놈! 혼자 살겠다고 가출을 하다니."

가출이 아니라 납치를 당한 거였다고 바로잡아 주고 싶었지만, 진풍에게는 그럴 기회가 주어지지 않았다.

방으로 들어와서 털썩 주저앉은 형은 품에서 화주를 꺼내 병째 벌컥벌컥 들이켰다.

"왠 술을 그렇게 마셔?"

"속이 상해서."

"……."

"그리고 무서워서."

"뭐가 무서운데?"

소매로 입가를 훔친 형이 질긴 육포를 질겅질겅 씹으며 대답했다.

"내가 표사인 건 알지?"

"표사?"

"그것도 몰라? 어쩌다 보니 용흥표국에서 표사로 일하게 됐어. 그런데 표행을 나섰다가 산적들과 맞닥트릴 때마다 아주 무서워 죽겠어."

"왜?"

"산적들이 얼마나 흉포하고 잔악무도한지 모르지?"

형의 하소연을 듣고 있던 진풍이 고개를 갸웃했다.

백화장으로 오던 도중 맞닥트렸던 산적들은 그다지 잔악무도하지도 않았고, 강하지도 않았다.

"별로 안 무섭던데."

그래서 진풍이 혼잣말을 중얼거렸지만, 형은 제대로 듣지도 않았다.

"네가 뭘 안다고 그래? 내가 무공이 강한 것도 아니고, 잔악무도한 산적들이 수틀리면 그놈들 칼에 맞고 죽는 거야."

형은 무공에 재능이 없었다.

예전에는 잘 몰랐지만 이제는 알았다.

진풍이 보기에 형은 약해 빠졌던 만호채의 산적들보다도 기도가 훨씬 못 했다.

"젠장, 오늘도 표행을 나섰다가 통행세가 적다고 수가 틀어진 산적 놈들과 시비가 붙었어. 그 와중에 표사가 둘이나 죽었지. 만약 황 표두가 내 머리 위로 떨어지고 있던 박도를 막아 주지 않았다면 나도 벌써 뒈졌을 거야."

아직 두려움이 가시지 않은 듯 부들부들 떨고 있는 형이 이해하기 힘들었다.

그래서 진풍이 물었다.

"그럼 그만두면 되잖아?"

"표사를 그만두라고?"

"그래!"

가장 간단한 방법은 표사를 그만두는 것이었다.

그러나 형은 고개를 절레절레 흔들며 진풍을 한심하게 바라보았다.

"그런 속 편한 소릴 하는 걸 보니 네가 집을 오래 떠나 있긴 했구나. 난 절대로 표사를 그만둘 수가 없어."

"왜?"

"백화장이 망했거든."

진풍도 십 년 만에 돌아온 백화장이 예전 같지 않다는 것은 느꼈다.

열 명이 넘던 하인들은 모두 어디론가 떠나 버렸고, 하루에도 수십 명이 찾아왔던 백화장에는 개미 새끼 한 마리 들락거리지 않았다.

"그 정도로 심각해?"

"심각하지. 내 월봉이 없으면 당장 밥을 굶을걸!"

"그 정도야? 어쩌다 그렇게 됐어?"

"정말 몰라서 물어? 이게 다 너 때문이잖아."

"백화장이 망한 게 나 때문이라고?"

"아니다, 엄밀히 따지면 너 때문이 아니라 엄마 때문이지. 청해삼절에게 너무 많은 돈을 갖다 바치느라 염왕채까지 갖다 쓴 게 결국 화근이 됐으니까."

"그랬구나……."

비로소 현재 백화장의 상황을 대충 알게 된 진풍이 코끝을 문질렀다.

"그럼 백화장을 다시 일으켜 세우려면 우선 돈을 벌어야겠네."

"그렇긴 한데. 무슨 수로 돈을 벌 거야?"

"그건…… 차차 고민해 봐야지."

하산할 때까지만 해도 전혀 예기치 못했던 상황.

일단 고민할 시간이 필요했다.

그런 진풍에게 형이 다시 물었다.

"넌 이제 뭘 할 거야?"

내 꿈은 한량이라고 냉큼 대답하고 싶었지만, 갑자기 어려워진 집안 형편이 그 말을 도로 삼키게 만들었다.

"아직 모르겠어. 나도 형처럼 표사나 할까?"

집으로 오던 도중 만났던 맹호표국의 국주인 방천호가 했던 제안이 퍼뜩 떠올라서 진풍이 말을 꺼냈지만, 형의 반응은 싸늘했다.

"표사? 표사는 아무나 하는 줄 알아?"

"나한테 표사를 맡아 달라고 했는데."

"누가?"

"맹호……."

"사기꾼이 달라붙었나 보지. 어쨌든 헛소리 하지 말고 잘 들어. 넌 표사가 아니라 쟁자수가 딱이야."

"그런가?"

형과 더 옥신각신 하기도 귀찮았다.

그래서 대충 얼버무리자, 다시 한 모금의 화주를 들이킨 형이 부러운 표정을 지은 채 바라보았다.

"왜 그렇게 봐?"

"난 네가 너무 부러워."

"내가 부러워? 왜?"

"엄마가 널 완전히 포기한 것 같으니까. 하긴 십 년 만에 이렇게 뚱뚱한 모습으로 다시 돌아왔는데 대체 뭘 기대하겠어? 네가 사실은 엄청난 고수라는 것이 드러나면 모를까?"

"내가 엄청난 고수면 어떻게 되는데?"

"그럴 가능성은 없지만, 만약 그렇게 된다면 다시 지옥이 펼쳐지겠지. 엄마는 널 천하제일, 아니, 고금제일 고수로 만들고 싶어 할 테니까."

형의 말을 듣고 나니, 퍼뜩 정신이 들었다.

진풍이 알고 있는 엄마라면 정말 그렇게 할지도 몰랐다.

그리고 그때는 다시 지옥 같은 생활이 시작되리라.

십 년 만에 지옥에서 간신히 빠져나왔는데, 다시 지옥으로 돌아갈 수는 없었다.

'절대로 그래선 안 돼!'

진풍이 다시금 각오를 다질 때, 형이 비웃으며 말했다.

"뭘 걱정하는 거야? 어차피 네가 고수도 아닌데."

"그렇긴 하지."

진풍이 재빨리 고개를 끄덕였다.

형의 말이 옳았다.

진풍은 고수가 돼서 돌아온 게 아니라, 그저 사람 구실을 할 정도가 된 채 돌아온 것이었다.

그래서 해맑게 웃고 있던 진풍이 퍼뜩 궁금해져서 물었다.

"그런데 누나는 보이지가 않네."

"설이는 없어. 가출했거든."

"가출을 했다고? 왜?"

또 한 모금의 술을 마신 형이 길게 한숨을 내쉰 후 대답했다.

"너 때문이지."

☯

역시 집이 편했다.

하소연을 한참 늘어놓던 형이 돌아가고 방에 혼자 남게 되자, 진풍은 대자로 벌렁 드러누웠다.

"아, 좋다!"

이렇게 편하게 드러누워 보는 것이 대체 얼마만인지 기억도 나지 않았다.

등 따시고, 배부르고, 거기에 달콤한 당과까지 입에 넣고 있자니 세상에 부러울 것이 없었다.

"그새 많은 일이 있었네."

지난 십 년, 진풍에게 엄청난 일이 있었듯이 백화장에도 많은 일이 생겼다.

어머니가 끌어 쓴 염왕채를 갚아 나가기 위해 부단히 애를 쓰신 아버지는 십 년 새 흰머리도 많이 늘고, 부쩍 늙었다.

강남회의 회주로서 청해성을 주름잡았던 어머니는 이제 강북회의 회주인 조소영에게 밀려서 맥을 추지 못 하는 처량한 신세로 변해 있었다.

게다가 염왕채를 탓에 늘 큰소리를 치던 아버지에게 꽉 잡혀 살 정도로 관계가 역전되어 있었다.

한량이 꿈이었던 형은 결국 꿈을 이루는 데 실패했다.

여전히 실낱같은 희망을 버리지 못 하고 계신 어머니에게 시달리며, 또 무시무시한 산적들에게 시달리며 원치도 않은 표사가 되어 살아가고 있었다.

그리고 누나는 가출을 했다.

검혼장주의 첫째 아들인 갈무경과 혼사가 결정되어 있었지만, 백화장이 망하자 갈무경은 금세 마음을 바꾸어 버렸다.

실연을 상처를 극복하지 못 하고 방황하던 누나는 가출을 했고, 언제 돌아올지 기약도 없었다.

"돈을 벌긴 해야 하는데!"

진풍이 바닥에 드러누운 채 돈을 벌 궁리를 시작했다.

하지만 서만석이 갑자기 방으로 찾아온 바람에 궁리를 멈출 수밖에 없었다.

"또 뭘 먹는 게냐?"

"당과요."

"당과? 아직도 그런 걸 먹으니 그리 압도적으로 뚱뚱할 수밖에."

답답한 표정으로 진풍을 바라보던 서만석이 한숨을 푹푹 내쉬며 본론을 꺼냈다.

"네가 보기에는 백화장의 처지가 어떤 것 같으냐?"

"별로 안 좋은 것 같네요."

"제대로 봤다. 이래저래 상황이 어려운 편이다. 그래서 말인데…… 넌 앞으로 뭘 할 생각이냐?"

"우선 좀 쉬고…… 아니, 뭐라도 해야죠."

서만석의 눈빛이 사나워지는 것을 확인한 진풍이 재빨리 말을 바꾸었다.

그제야 흡족한 표정을 지은 서만석이 넌지시 입을 뗐다.

"좀 쉬게 해 주고 싶지만 여유가 없구나. 내가 고민을 좀 했는데 쟁자수를 해 보는 건 어떠냐?"

"쟁자수요?"

"그래. 그리 뚱뚱하니 힘은 좀 쓸 것 같구나."

사실 힘 하나는 자신 있었다.

겨우내 땔 장작을 구하기 위해서 나무를 할 때는, 어른 두 명이 팔을 감싸도 모자랄 정도로 둥치가 굵은 전나무를 혼자서 어깨에 짊어지고 기련산 꼭대기까지 올랐을 정도였으니까.

　"용흥표국의 허 국주와 아비가 형제처럼 친하게 지내는 사이다. 허 국주에게 부탁해 볼 생각이다."

　"언제요?"

　"내일 바로."

　좀 더 쉬고 싶다고 말하고 싶었지만, 서만석의 단호한 표정을 보고 나니 그 말이 쏙 들어갔다.

　그리고 진풍은 좋게 생각하기로 했다.

　'그리 힘들기야 하겠어?'

　형에게 설명을 들은 바로는 쟁자수가 하는 일은 표물을 들고 이동하는 게 전부.

　네 명의 사부들에게 시달리던 것에 비하면 아무것도 아니었다.

　"아버지!"

　"왜 그러느냐?"

　"혹시 맹호표국이라고 들어보셨어요?"

　"맹호표국? 당연히 알지."

　"어떤 곳인가요?"

　"맹호표국은 요즘 들어 급격히 세를 불리고 있지. 청해성에 존재하는 표국들 가운데 다섯 손가락 안에 꼽힐 정도로 규모가 커졌지."

"그럼 용흥표국은요?"

"맹호표국과 용흥표국은 감히 비교하기조차 어렵지. 달빛과 반딧불의 차이랄까? 용흥표국은 맹호표국에 비할 수 없을 정도로 규모가 작다."

"그래요?"

"근데 네가 맹호표국에 대해서 어떻게 알고 있느냐?"

"그게……."

진풍이 잠시 망설였다.

백화장으로 돌아오는 도중에 맹호표국의 국주인 방천호를 만났고, 그가 자신에게 맹호표국의 표사가 되어 달라고 제안했다는 사실을 알리면 아버지의 반응이 어떨까?

뛸 듯이 기뻐할 것이 틀림없었다.

그러나 진풍은 그냥 입을 다물었다.

아버지는 입이 무거운 편이 아니었다.

그 사실은 곧 어머니의 귀에 들어갈 것이었고, 그때는 진풍이 우려하는 상황이 닥칠 것이 틀림없었다.

"그냥 귀동냥으로 우연히 들었어요."

"그래?"

"하나만 더요."

"또 뭐냐?"

"혹시 청해삼절은 어디 사는지 아세요?"

"청해삼절?"

단지 청해삼절이라는 이름을 들었을 뿐인데, 아버지의 얼굴은 심하게 일그러졌다.

그만큼 원한이 깊다는 증거였다.

"그들을 왜 찾느냐?"

"한번 만나야 할 것 같아서요."

"이유가 무엇이냐? 혹시 그들이 네게 무공을 가르쳐 준 스승이기 때문이냐?"

"그게 아니라 꼭 받아 낼 게 있어서요."

진풍이 이를 악문 채 대답했다.

기련사괴를 만나기 전에는 전혀 몰랐다.

청해삼절이 자신에게 가르친 것이 무공이 아니라 진원진 기를 소모시켜서 잠력을 이끌어 내는 방법이었다는 사실을.

하지만 이제는 청해삼절이 자신에게 얼마나 악독한 짓을 한 것인지 깨달았으니, 그냥 있을 순 없었다.

받은 대로 갚아 줄 생각이었다.

"뭘 받아 낸다는 건지는 모르겠지만, 앞으로 내 앞에서 그들의 이름도 꺼내지 말거라. 그들 때문에 그동안 고생한 것을 생각하면⋯⋯."

말을 끝맺지 못 하고 분한 표정으로 일어난 서만석은 그대로 나가 버렸다.

다시 혼자 남겨진 진풍이 방 한구석에 놓아 두었던 봇짐을 끌어당겼다.

그리고 봇짐을 뒤져 유지에 쌓인 단약을 꺼냈다.

얼핏 보기에는 당과처럼 보였지만, 이건 당과가 아니었다.

이 단약은 북괴 사부가 건네 준 선물이었다.

보진단!

단약을 건네며 북괴 사부는 말했다.

"환골탈태를 이루기 전에는 절대 무공을 함부로 사용해서는 안 된다. 하지만 강호는 험하니 뜻대로 되지는 않을 터. 만약 목숨이 위태로운 지경에 처하거든 그때, 이 단약들을 복용하거라. 이 단약을 먹으면 진원진기의 소모를 막은 채 네가 우리에게 배운 무공을 쓸 수 있을 것이다!"

북괴 사부가 건네 준 보진단은 총 세 개!

만호채의 산적들을 만났을 때, 진풍이 봇짐을 순순히 내놓지 않은 이유에는 당과도 있었지만 이 보진단 때문이었다.

'함부로 쓰면 안 돼. 아껴야 해!'

세 개밖에 되지 않는 보진단인 만큼, 꼭 필요할 때만 사용해야 했다.

북괴 사부가 말한 대로 환골탈태를 하기 전까지는.

하지만 환골탈태는 결코 쉬운 게 아니었다.

기연에 기연이 겹쳐야만 이룰 수 있는 것이 바로 환골탈태!

어쩌면 평생 환골탈태를 하지 못 할 수도 있었다.

그래서 이 보진단은 더욱 소중하게 사용해야 했다.

"쟁자수로 살면 크게 위험한 일은 생기지 않겠지. 일단은 조용히 지내자."

보진단을 다시 봇짐 속 깊숙한 곳에 숨긴 진풍이 바닥에 드러누웠다.

여독이 완전히 풀리지 않은 탓에 피곤했다.

드르렁드르렁.

진풍이 이내 코를 골며 잠에 빠져들었다.

7장
또 만났네

용흥표국의 국주인 허선웅이 억지웃음을 짓느라 식은땀을 흘렸다.

"아우! 내 자네에게 부탁을 하나 하기 위해서 어려운 발걸음을 했네."

백화장의 장주인 서만석이 뚱뚱한 청년을 데려온 순간, 짜증이 벌컥 치밀었다.

'이 영감이 누굴 호구로 아나?'

무공 실력이라고는 쥐뿔도 없는 첫째 아들 서진풍을 눈물을 머금고 표사로 받아 주었다.

그리고 이 정도 했으면 의형제의 도리는 다한 것이라고 판단했는데, 뻔뻔한 서만석은 또 아쉬운 소리를 하기 위해 찾아와 있었다.

'어려운 발걸음이면 안 하면 좋았잖아!'

일 없으니 당장 돌아가라고 소리치고 싶었지만, 허선웅은 차마 그 말을 입 밖으로 꺼내 놓지 못 하고 사람 좋게 허허 웃었다.

"너무 어려워 말고 말씀하세요. 형님의 부탁이라면 아우인 제가 뭐든 들어드려야지요."

청해성 최고의 호인이라는 세간의 평가가 요즘 들어 허선웅의 발목을 자꾸 붙잡았다.

'이건 호인이 아니라 호구잖아. 호구!'

속으로 불평을 늘어놓으면서 허선웅은 서만석이 데려온 청년을 힐끗 살폈다.

'누구지?'

뭘 어떻게 먹으면 저렇게 뚱뚱해질 수 있을까 호기심이 생길 정도로, 서만석의 곁에 서 있는 청년은 뚱뚱했다.

"아우가 그리 말해 주니 내 마음이 조금 편해지는구만."

"제게 부탁하시려는 게 대체 뭡니까?"

"이 아이가 여기서 일을 좀 배웠으면 하네."

서만석이 뚱뚱한 청년을 가리키는 것을 확인한 허선웅이 미간을 슬쩍 찌푸렸다.

'돌겠네, 진짜!'

예상이 빗나가지 않았음을 깨닫자, 벌써 걱정부터 됐다.

'설마 표사를 시켜 달라는 건 아니겠지? 그래, 서 장주도 양심은 있겠지. 아니지…… 양심이 있는 양반이었으면 서진

풍이라는 아무 짝에도 쓸모없는 짐덩이를 내게 떠맡기진 않았겠지. 어쩌지?'

머릿속이 복잡했다.

필사적으로 억지웃음을 짓기 위해 애쓰며, 허선웅이 넌지시 물었다.

"그런데 형님과 어떤 관계입니까?"

"내 아들일세."

"아들요? 전에 형님 아들은 서 표사 한 명뿐이라고 말씀하시지 않으셨습니까?"

"맞네. 그땐 죽은 줄 알았거든."

"그럼?"

"이번에 살아서 돌아왔네."

"아, 그래요? 감축드립니다."

"뭘 감축씩이나. 어쨌든 고맙네!"

'차라리 그냥 콱 뒈졌으면 좋았을걸.'

갑자기 살아 돌아와서 자신을 힘들게 하고 있는 뚱뚱한 청년을 허선웅이 매섭게 노려보았다.

'어떻게 거절하지?'

필사적으로 머릿속을 헤집던 허선웅이 간신히 하나의 방법을 찾아냈다.

"그런데 형님!"

"말해 보게, 아우!"

"형님의 둘째 자제분이 우리 표국에서 일하기는 어려울

것 같습니다.”

“그게 무슨 소린가?”

낯빛이 급작스럽게 어두워지는 서만석을 확인하고 나니, 조금 미안한 마음이 드는 게 사실이었다.

하지만 허웅선은 애써 서만석을 외면했다.

지금은 단호하게 딱 잘라서 거절해야 할 때였다.

“형님도 잘 아시겠지만, 장거리 표행을 나서는 표사들은 도보가 아니라 주로 말을 이용합니다. 그런데 둘째 자제분의 경우는 말을 이용하기가 좀 어려울 것 같습니다. 아무래도 말이 버티지 못 할 듯합니다.”

너 같이 뚱뚱한 놈을 태우고 다닐 수 있는 말은 중원을 다 뒤져도 절대 못 찾아.

빙빙 돌려서 거절의 말을 전하긴 했지만, 허웅선이 진짜하고 싶은 말은 이거였다.

그래도 이쯤 말했으면 알아들었을 거라 예상했는데, 서만석은 전혀 알아들은 기색이 아니었다.

“그거 때문이라면 걱정하지 말게.”

“그게 무슨 말씀이십니까, 형님?”

“이 녀석은 말을 탈 일이 없네.”

“네?”

“표사가 아니라 쟁자수를 시킬 걸세.”

‘아뿔싸!’

애초에 방향을 잘못 잡았다는 것을 깨달은 허선웅이 인상을 찌푸렸다.

그리고 허선웅이 거절할 다른 방법을 찾아내기도 전에 서만석이 먼저 치고 들어왔다.

"아우가 보면 알겠지만 이 녀석이 힘은 좋은 편이라네."

"쟁자수라는 게 그저 힘이 좋다고 할 수 있는 일이 아니라……."

"그리고 덩치에 비해 잽싼 편이라네. 그렇지?"

"네, 아버지!"

'잽싸긴 개뿔. 딱 봐도 기어 다닐 것 같은데!'

위기에 처한 허선웅이 길게 한숨을 내쉬었다.

용흥표국은 구호 단체가 아니었다.

엄연한 사업이었다.

그런데 사업에 전혀 도움이 되지 않을 것 같은 서만석의 자식들을 둘이나 거둬들여서 따박따박 월봉까지 주게 될 판국이었다.

"그럼 보수는 어떻게……?"

"내 어찌 그것까지 부탁하겠나? 아우가 적당히 알아서 주게."

'젠장, 그 말이 더 무섭다!'

허선웅이 딱딱하게 굳어진 표정으로 서만석의 곁에 서 있는 뚱뚱한 청년을 노려보았다.

아무리 생각해도 이건 아니라는 결론을 내린 방만석이 다짐했다.

'흥, 얼마 못 버티고 제 발로 걸어 나가게 만들어 주마!'

방천호가 집무실 창가에 서서 뒷짐을 진 채 창밖을 바라 보았다.

두 눈으로는 느긋하게 흘러가는 구름을 쫓고 있었지만, 초조한 표정까지는 감추지 못했다.

"서진풍…… 서진풍이라."

표행 도중에 맞닥뜨린 뚱뚱한 청년의 이름 석 자는 알아 냈다.

하지만 서진풍이라는 이름 석 자만 가지고 드넓은 청해성 에서 그 청년을 찾아내는 것은 결코 쉬운 일이 아니었다.

"어디에 사는지라도 물어봐 둘 것을……."

방천호가 아쉬운 마음을 감추지 못 하고 한숨을 내쉬었 다.

만호채의 산적들과 갑자기 싸움이 벌어진 탓에, 당시에는 정신이 하나도 없었다.

그래서 이름 석 자 빼고는 아무것도 알아내지 못 하고 서 진풍을 떠나보낸 것을 방천호는 깊이 후회하고 있었다.

모든 인맥을 동원해서라도 서진풍을 찾으라고 최 집사에 게 지시를 내려놓았지만, 볏짚 사이에서 바늘을 찾는 것이 나 마찬가지였다.

"우리 맹호표국이 쭉쭉 뻗어 나갈 수 있는 날개가 되어 주기에 충분한 실력을 갖춘 청년이었는데."

만약 서진풍이 다른 표국으로 가서 표두를 맡는다면 더욱 속이 상하리라.

그래서 땅이 꺼져라 한숨을 내쉬는 방천호는 꿈에도 몰랐다.

진풍이 이미 용흥표국에 몸담았다는 사실을.

그리고 표두가 아니라 쟁자수를 맡았다는 사실을.

용흥표국은 청해성 안에서도 규모가 비교적 작은 표국이었다.

국주이자 표두를 맡고 있는 허선웅을 포함해서 총 세 명의 표두가 있고, 표사들은 스무 명가량이었다.

쟁자수는 약 열 명가량이 일을 하고 있는데, 쟁자수들 가운데서 우두머리 역할을 맡고 있는 것은 염기철이었다.

용흥표국에서 일한 지 벌써 칠 년째에 접어드는 염기철은 국주인 허선웅의 말이라면 죽는 시늉까지 할 정도로 충성심이 뛰어났다.

"그러니까 이번에 새로 들어온 놈이 버티지 못 하고 제 발로 걸어 나가게 만들라는 말씀이십니까?"

"그래."

"어디 한 군데 부러트릴까요? 그럼 이 생활 버티지 못할 텐데."

"어허, 그럼 너무 표가 나지 않는가? 다시 한 번 강조하지만 아주 은밀하고 흔적도 없이 처리해야 해! 내 말 무슨 뜻인지 알겠나?"

"명심하겠습니다."

"할 수 있겠는가?"

"맡겨 주십시오."

누구의 명령인데 감히 따르지 않을까?

그리고 이건 식은 죽 먹기나 다름없었다.

염기철이 맡겨 두라고 호언장담한 후 집무실을 빠져나갔다.

"명심해. 새로 들어온 돼지 같은 놈에게 한마디도 붙이지 마. 아니, 눈도 마주치지 말고 아는 체도 하지 마. 말상대가 없으면 놈도 외로워서 견디기 힘들 거야."

염기철이 쟁자수들에게 지시했다.

"놈도 눈치가 있으면 따돌림을 당한다는 사실을 알겠지. 그리고 표행을 나섰을 경우, 무거운 표물은 다 저놈이 들게 만들어. 그리고 말발굽을 갈거나 음식을 만드는 것처럼 귀찮은 일도 저놈에게 다 넘겨!"

염기철이 쟁자수들 앞에서 의미심장하게 웃었다.

'네깟 놈이 얼마나 버틸 수 있을까?'

외로움 앞에는 장사가 없는 법이었다.

그 사실을 잘 알고 있는 염기철이 코웃음을 치며 혼자 멀찍이 떨어져 있는 서진풍을 노려보았다.

"조용하니 좋네!"

진풍이 해벌쩍 웃었다.

귀찮게 아는 체 하지 않고 가만히 내버려 두니 고마웠다.

그리고 쟁자수 생활은 진풍이 생각했던 것보다 훨씬 더 괜찮았다.

이것저것 귀찮은 일들을 잔뜩 시킬 거라 예상했던 것과 달리, 어느 누구도 일을 시키지 않았다.

아니, 아예 자신에게 말도 붙이지 않았다.

마치 보이지 않는 사람처럼 취급한달까.

진풍도 눈치는 빨랐다.

원래는 눈치가 전혀 없었는데, 지난 십 년간 성질 더러운 네 사부의 비위를 맞추다 보니 자연스레 눈치가 빨라졌다.

그래서 염기철을 비롯한 쟁자수들이 자신을 일부러 따돌리고 있다는 것쯤은 진즉에 눈치챘다.

그리고 쟁자수들이 자신을 따돌리는 이유도 대강 짐작이 갔다.

"내 발로 걸어 나가게 만들 생각인가 보지?"

진풍이 허선웅의 얼굴을 떠올렸다.

사람 좋아 보이는 웃음을 입가에 매달고 있었지만, 자신을 바라보는 눈빛은 차갑기 그지없었다.

"꼭 염왕채 때문이 아닐지도 몰라. 사람 보는 눈이 이리 없으니 백화장이 망했지!"

아버지는 허선웅의 속내를 전혀 알아채지 못한 채 의형제처럼 지내고 계셨다.

이게 아버지가 사람을 보는 눈이 형편없다는 증거였다.

"그런데 방법을 전혀 잘못 잡았네!"

말똥 냄새가 진동하고 있는 마구간 옆에 자리를 잡고 바닥에 드러누운 진풍이 코웃음을 쳤다.

사부들은 과묵한 편이었다.

그래서 사부들과 함께 지낼 때는 몇 달 동안 한마디도 하지 않고 살았던 적도 있었다.

그러다 보니 어느새 혼자 지내는 것에 익숙해졌다.

오히려 쟁자수들이 자신을 따돌려 주는 것이 고마웠다.

"잠이나 좀 잘까?"

햇살은 따스했고, 바람도 솔솔 부는 것이 천국이 따로 없었다.

말똥 냄새쯤이야 아무 문제도 되지 않았다.

그래서 태평하게 두 눈을 감고 있던 진풍이 얼마 지나지 않아 벌떡 일어났다.

"형은 뭐하지?"

진풍이 형을 찾아 나섰다.

용흥표국의 내부는 그리 넓은 편이 아니었기에 진풍은 얼마 지나지 않아서 형을 찾을 수 있었다.

형은 표두와 표사들이 무공을 수련하는 용도로 쓰이는 연무장 위에 목검을 든 채 서 있었다.

표사들이 히히덕거리며 연무장 주위를 빙 둘러싸고 서서 구경하고 있었고, 연무장 가운데에 선 형은 다른 표사와 함께 대련을 하는 것처럼 보였다.

"우리 형, 실력 좀 볼까?"

연무장이 훤히 보이는 마당 구석에 자리를 잡고 대련을 구경하던 진풍의 표정이 살짝 굳어졌다.

"큭!"

대련을 하던 도중에 상대 표사가 휘두른 목검에 어깨를 얻어맞은 형이 신음을 흘리며 바닥에 주저앉았다.

목검을 떨어트린 채 어깨를 부여잡고 있는 형을 안타깝게 바라보고 있을 때, 대련을 하던 표사가 목검을 겨눈 채 소리쳤다.

"뭐하고 있나? 얼른 일어나지 않고."

"……."

"서 표사, 그리 약해서 이 험한 강호에서 살아남을 수 있겠나? 자, 다시 일어나서 수련을 계속하지."

상대하는 표사의 재촉을 들은 형이 비틀거리며 일어났다.

그리고 이를 악문 채 다시 목검을 주워 들었다.

"뭘 꾸물거리고 있나? 어서 공격을 들어오지 않고."

표사를 노려보던 형이 목검을 위에서 아래로 내려치며 달려들었다.

기세는 나쁘지 않았다.

하지만 동작이 너무 크고 굼떴다.

목검의 궤적을 읽고 한 발 물러서서 피해 낸 표사는 마치 조롱하듯 목검으로 비어 있는 형의 가슴을 쿡 찔렀다.

"크윽!"

가슴을 찔린 형이 다시 바닥에 주저앉았다.

그리고 숨을 고르고 있던 형에게 표사가 빙글빙글 웃으며 소리쳤다.

"이제 시작이야, 얼른 일어나라고."

고통 때문에 얼굴이 일그러진 형이 목검을 고쳐 쥐며 일어났다.

그 모습을 가만히 지켜보고 있던 진풍이 감탄했다.

"우리 형, 그새 맷집 많이 좋아졌네!"

집으로 돌아온 형은 화주를 들이켰다.

"술을 안 마시면 잠이 오지 않아!"

술주정처럼 하소연을 늘어놓던 형은 금세 곯아떨어졌다.

그리고 끙끙 앓으며 잠들어 있는 형을 바라보던 진풍이 한숨을 내쉬었다.

극성맞은 엄마와, 흉포한 산적만 형을 괴롭히는 것이 아니었다.

든든한 동료가 돼 줘야 할 표사들도 형을 괴롭히고 있었다.

"허 국주가 시켰겠지!"

아버지는 몰랐지만, 허선웅은 겉과 속이 다른 사람이었다.

억지로 떠맡은 짐덩이나 마찬가지인 형을 내보내고 싶어서 안달이 났을 것이었다.

하지만 보는 눈이 있으니 해고하지는 못 하고, 제 발로 걸어 나가게 만들기 위해서 이런 꼼수를 쓰고 있는 것이었다.

"내가 다 복수해 줄게!"

잠든 형의 얼굴을 바라보던 진풍이 다짐했다.

다음 날 아침, 용흥표국으로 출근한 진풍을 기다리는 것은 첫 표행이었다.

툭.

표행 준비를 하느라 분주한 다른 쟁자수들과 달리 딱히 할 일이 없어서 멀거니 서 있던 진풍의 앞에 염기철이 표물을 내려놓았다.

"이거 매고 따라와. 밥을 먹거나 잠을 잘 때, 심지어 볼일을 볼 때도 표물을 네 몸에서 떼어 놓으면 안 돼."

염기철의 엄포가 끝나자, 진풍이 표물을 슬쩍 들었다.

표물이 무엇인지 몰라도 꽤 묵직했다.

성인 두 명이 함께 들어도 벅찰 정도로 무거웠지만, 진풍은 가볍게 표물을 들어 올려 등에 맸다.

"너 지금……."

"왜요?"

"안 무겁냐?"

놀란 표정을 감추지 못하는 염기철에게 진풍이 씩 웃으며 대답했다.

"하나도 안 무거운데."

"그…… 그래?"

"내가 힘 하나는 좋거든요."

염기철과 다른 쟁자수들의 놀란 시선을 받아넘기며, 진풍이 표물을 등에 맨 채 가뿐하게 걸음을 옮겼다.

이번 표행의 목적지는 백철무관!

일백 명이 넘는 백철무관의 무인들이 사용할 검이 표물이었다.

백철무관까지 당도하는 데 걸리는 시간은 대략 반나절, 표물을 건네 주고 다시 돌아오려면 일정이 빠듯한 편이었다.

"자, 출발하지!"

용흥표국의 국주인 허선웅이 직접 총표두로 나서는 표행이었다.

표사들의 수는 총 아홉 명이었고, 그 가운데는 서순풍도 포함되어 있었다.

긴장한 기색을 감추지 못 하고 말에 올라타 있는 형과, 표물을 등에 매고 있는 자신을 힐끗 살핀 허선웅이 못마땅한 기색을 감추지 않고 드러내며 앞장섰다.

표행은 순조로웠다.

주먹밥으로 식사를 대신하며 바삐 움직이던 허선웅이 말고삐를 당겨 멈춘 것은 관도 앞을 막고 서 있는 자들을 확인하고서였다.

"국주님, 만호채의 산적들입니다."

"어서 통행세를 준비해라."

만호채의 산적들을 확인한 허선웅이 긴장한 목소리로 말했다.

그리고 만호채의 채주인 원두엽과 협상을 하기 위해 앞으로 나섰다.

"용흥표국의 국주인 허 모가 녹림의 영웅들을 뵙습……."

"녹림의 영웅께서 요새 기분이 엿 같으니까 여기서 싸그리 죽기 싫으면 표물 내려놓고 당장 꺼져."

원두엽과 협상에 나섰던 허선웅은 말도 끝맺지 못했다.

미리 준비해 온 통행세를 건네 보지도 못 했다.

쐐애액!

"크악!"

한쪽 눈을 안대로 가리고 있는 애꾸눈 산적이 예고도 없이 날린 화살이 표사 한 명의 목덜미를 꿰뚫었다.

"이게 대체 무슨 짓인가?"

"아까 내가 요새 기분이 엿 같다고 했잖아."

"하지만 이런 짓을 벌이고……."

"시끄럽게 떠들지 말고 얼른 표물 내려놓고 썩 꺼져."

원두엽의 협박을 들은 허선웅이 당황한 표정을 감추지 못했다.

막무가내도 이런 막무가내가 없었다.

그리고 허선웅이 어떤 선택도 내리지 못 하고 망설이고 있을 때, 또 하나의 화살이 날아와 표사의 어깻죽지에 틀어박혔다.

"모두 검을 들어라!"

가만히 당할 수는 없다는 판단을 내린 허선웅이 명령했다.

검을 막 빼 든 허선웅이 원두엽을 향해 겨눌 때, 진풍이 등에 매고 있던 표물을 바닥에 내려놓았다.

그리고 원두엽을 바라보며 중얼거렸다.

"또 만났네."

☯

부웅부웅.

원두엽이 위협하듯 철퇴를 허공에 던졌다가 회수하기를 반복했다.

기분이 엿 같다는 말은 빈말이 아니었다.

'그 돼지 새끼 때문에 입은 손해가 대체가 얼마야?'

며칠 전, 갑자기 불쑥 나타나서 다 된 밥에 재를 뿌린 뚱뚱한 돼지 새끼 때문에 입은 손해가 막심했다.

열 명이 넘는 수하들이 병신이 됐고, 만호채의 체면도 말이 아니었다.

그래서 분풀이를 할 곳이 필요했는데, 마침 걸려든 것이 바로 용흥표국이었다.

"대갈통을 박살 내 주마!"

벌써 며칠 전 일이 소문난 걸까?

표물을 바치고 곱게 물러나는 대신 검을 빼 들고 있는 용흥표국의 표사놈들을 확인한 원두엽이 철퇴를 날렸다.

부우웅!

퍽!

쏜살같이 날아간 철퇴가 겁대가리 없이 검을 빼 들고 설치는 표사 한 놈의 가슴에 틀어박혔다.

가슴뼈가 함몰되고 피를 토하며 날아가는 표사를 보고 있자니 응어리졌던 기분이 조금 풀렸다.

그리고 다음 분풀이 상대를 찾던 원두엽의 눈에 검을 빼들기는 했지만 긴장 탓에 두 다리를 달달 떨고 있는 표사 놈이 보였다.

"한심한 새끼!"

코웃음을 친 원두엽이 지체하지 않고 다가가며 철퇴를 날렸다.

대갈통을 박살 낼 요량으로 힘껏 던진 철퇴는 금세 표사의 지척으로 접근했다.

짜릿한 손맛을 기대하고 있던 원두엽의 표정은 이내 일그러졌다.

쐐애액.

철퇴는 한심한 표사의 머리 대신 텅 빈 허공만을 가르고 지나갔다.

뒷걸음질 치다가 운 좋게 돌부리에 걸려서 넘어진 표사 놈은 운이 좋았다.

하지만 운이란 한 번 뿐이었다.

원두엽이 쇠사슬을 끌어당겨 철퇴의 방향을 허공에서 바꾸었다.

그리고 바닥에 주저앉아 있는 한심한 표사를 향해 쏘아 내려고 했을 때였다.

와락.

두툼한 손이 쇠사슬을 움켜쥐었다.

원두엽이 힘껏 당겨 보았지만, 쇠사슬을 꿈쩍도 하지 않았다.

"어떤 놈이 감히……?"

쇠사슬을 움켜쥔 손의 주인을 확인한 원두엽이 두 눈을 부릅떴다.

"어, 어, 너는……."

꿈에 만날까 두렵던 돼지 새끼.

혹시 잘못 본 게 아닐까 생각했지만, 잘못 본 건 아니었
다.

저렇게 압도적으로 뚱뚱한 사람은 흔치 않았으니까.

'어쩌지?'

쇠사슬을 움켜쥔 손에서 힘이 빠져나갔다.

저 뚱뚱한 놈의 실력을 이미 확인했던 원두엽이 철퇴를
버리고 막 도망치려고 결심했을 때였다.

"헉!"

언제 다가왔을까?

뚱뚱한 청년이 어느새 지척까지 다가와 멱살을 움켜쥐고
있었다.

공포에 질려서 비명을 지르려고 했을 때, 뚱뚱한 청년이
검지손가락을 입에 갖다 댄 채 씨익 웃었다.

"쉿! 하던 거 마저 해!"

"……?"

"단 죽이지는 말고."

'무슨 꿍꿍이지?'

도무지 속을 알 수 없었다.

하지만 달리 선택의 여지가 없었다.

그래서 엉겁결에 고개를 끄덕인 원두엽이 급히 수하들에
게 전음을 날렸다.

―한 놈도 죽이지 말고 그냥 기절만 시켜! 어디 한 군데
씩 부러트리는 건 괜찮아!

이미 기세가 꺾인 용흥표국의 표사 놈들을 처리하는 데는 시간이 오래 걸리지 않았다.

그사이 원두엽이 뚱뚱한 청년의 눈치를 살피며 넌지시 물었다.

"누구냐, 넌?"

뚱뚱한 청년은 씨익 웃으며 자신의 정체를 밝혔다.

"용흥표국 쟁자수!"

⚊

철퇴를 보고 놀란 형은 기절했다가 한참 만에 깨어났다.

상황 파악이 전혀 안 되는 듯 멍한 표정을 짓고 있던 형은 잠시 뒤 소리쳤다.

"진풍아! 괜찮아?"

"그래, 형!"

"내 뒤에 꼭 붙어 있어."

바닥에 떨어진 검을 다시 주워 드는 형을 바라보던 진풍이 형의 수혈을 짚었다.

"좀 쉬어."

수혈을 짚힌 형이 곯아떨어지는 것을 확인하고 나서야 진풍은 상황을 살폈다.

용흥표국의 표사들과 쟁자수들은 이미 모두 죽은 듯이 쓰

러져 있었고, 마지막까지 버티고 있던 허선웅도 뒷덜미를
얻어맞고 기절했다.

우두둑.

이제 보는 눈이 없다는 것을 확인한 진풍이 목을 좌우로
꺾었다.

"지금 뭐 하려는 거지?"

"보면 몰라?"

"……?"

"몸 풀고 있잖아."

진풍이 만호채의 산적들 사이로 뛰어들었다.

출렁.

진풍의 뱃살이 출렁일 때마다 산적들이 한 명씩 쓰러졌
다.

그 압도적인 실력을 넋을 놓고 바라보던 원두엽이 퍼뜩
정신을 차리고 재빨리 몸을 돌려 도망치기 위해 발을 바삐
놀리자 그 모습을 확인한 진풍이 서두르지 않고 느긋하게
뒤를 쫓았다.

◐

"저 돼지 새끼는 갑자기 어디서 튀어나온 괴물인 거야?"

원두엽이 미간을 찌푸렸다.

요즘 들어 일진이 제대로 꼬이더니 아예 뭐 하나 되는 게

없었다.

"더러워서 산적질도 못 해 먹겠네."

마누라가 셋, 그리고 그 마누라에게서 낳은 자식새끼들이 모두 열둘이었다.

허영기 많은 마누라들과 점점 대가리가 굵어 가는 자식새끼들 밑으로 들어가는 돈이 한두 푼이 아니었다.

돈 좀 아껴 쓰라고 소리치고 싶었지만, 자식새끼도 산적으로 만들 거냐는 셋째 마누라의 말도 일리가 있었다.

자식새끼에게마저 이 험한 일을 시킬 수는 없는 노릇.

번듯한 표국이라도 하나 차려서 국주님 소리 들으면서 대접받고 살게 만들려면 돈이 많이 필요했다.

그래서 통행세 좀 올려 받으려 마음먹고 사업 개시하자마자 돼지 새끼가 훼방꾼으로 나타나 산통을 다 깼다.

"에이, 뭐 하나 되는 게 없어. 되는 게."

원두엽이 산채로 쓰고 있는 동굴로 재빨리 뛰어들었다.

"채주님, 왜 벌써 왔습니까?"

"워매, 채주님 얼굴이 벌겋게 상기된 걸 보니 오늘 짭짤했는갑네."

"오늘 돼지 한 마리 잡을깝쇼?"

산채에 대기하고 있던 수하들이 앞 다투어 입을 열었다.

원두엽이 눈치라고는 찾아볼 수 없는 수하를 매섭게 노려보았다.

"왜여? 아따 우리 채주님, 역시 배포가 남 달라 부려. 쪼 잔하게 돼지 잡자고 해서 자존심에 상처를 입어 버렸구만. 누렇고 듬직한 놈으로 한 마리 잡을깝쇼?"

"아가리 닥쳐!"

"네?"

"한마디만 더 하면 뒈진다!"

가뜩이나 돼지 새끼 때문에 심란한 판국이었다.

그래서 돼지라는 말만 들어도 학을 뗄 지경이었다.

"채주님, 왜 그러신데여?"

"뭔 일 있슘요?"

그제야 분위기가 심상치 않음을 느끼고 눈치를 살피는 수 하들에게 원두엽이 지시했다.

"다들 잘 들어. 좀 있으면 돼지 새끼가 산채로 달려올 거 야."

"돼지 새끼요? 어지간히 큰 놈이여?"

"커! 더럽게 커!"

"어쩔까요? 산 채로 잡아서 구울까요?"

산채에 남아 있던 수하들은 아직 상황 파악을 전혀 못 하 고 있었다.

하지만 자세히 설명을 할 시간도 없었기에 원두엽이 대답 했다.

"산 채로 잡긴 힘들 거야."

"워매, 어지간히 사나운 놈인가 보네."

"사납지. 더럽게 사나워."

"그라면 산 채로 잡지 말고 일단 죽여 부려야것네."

"죽일 수 있으면 좋지."

"네?"

"일단 막아. 돼지 새끼가 산채로 못 들어오게 무조건 막아!"

어리둥절한 표정을 짓고 있는 수하들에게 지시한 후, 원두엽이 산채 안으로 빠르게 뛰어 들어갔다.

"쟁자수라고? 지랄, 무슨 쟁자수가 총표두보다 더 강해?"

콧김을 내뿜으며 원두엽이 동굴 깊숙한 곳 구석에 놓여 있던 거적때기를 걷어 냈다.

재빨리 다가가 시커먼 상자를 열자 누런 금괴들이 황홀한 빛을 뿜어냈다.

"일단 이걸 챙기고…… 또 뭘 챙겨야 하지?"

원두엽이 금괴들이 든 상자를 등에 매기 위해 서두르고 있을 때, 산채 입구가 소란스럽게 변했다.

"저게 사람이여, 돼지 새끼여?"

"아따, 채주님 말이 맞네. 아주 큰 놈이네."

"살집이 풍성해서 산채 식구들이 전부 배 터지게 먹어도 남겠구만. 자, 얼른 저 돼지 새끼부터 잡자고."

농담을 주고받던 수하들이 왁자지껄 웃는 소리가 들렸다.

그러나 그 웃음소리는 이내 뚝 그쳤다.

"큭!"

"끄아악!"

웃음소리가 사라진 자리를 비명 소리가 메웠다.

그리고 그동안 몰래 모아 둔 돈을 막 품속에 챙긴 원두 엽이 돌아서자, 수하 한 명이 헐레벌떡 뛰어들며 소리쳤다.

"채주님!"

"왜?"

"저건 대체 뭡니까?"

"나도 몰라."

"채주님도 몰라여?"

"아까 듣기론 쟁자수라더군."

"쟁자수요? 아니, 뭔 쟁자수가 서른이 넘는 산적들을 반 각도 걸리지 않고 다 쓰러트릴 정도로 고수입니까?"

"내가 경고했잖아."

"……."

"사나운 돼지 새끼라고."

"이제 어쩌죠? 채주님이 나서서 막아야겠는데요."

"누굴? 저 돼지 새끼를?"

"네!"

"너 눈 없냐? 눈은 장식품으로 들고 다녀? 지금 내가 뭘 하고 있는 것 같냐?"

"그게…… 도망칠 준비하시는 것 같은디."

"저 돼지 새끼를 막을 수 있었으면 내가 도망칠 준비를 할 것 같아? 진즉에 대갈통을 깨 부셨지."

"저놈이 그 정도로 고수요?"

"그래. 너 못 느꼈지?"

"뭘요?"

"인기척!"

"인기척? 갑자기 뭔 인기척요?"

"뒤에 봐!"

"뒤요? 뒤에 뭐가 있는디? 어마, 대체 언제……?"

원두엽이 시키는 대로 고개를 돌렸던 수하가 두 눈을 부릅떴다.

그리고 본능적으로 손에 들고 있던 박도를 휘둘렀지만, 뚱뚱한 청년의 움직임이 훨씬 더 빨랐다.

출렁.

뱃살이 흔들린 순간, 어느새 수하에게 파고든 뚱뚱한 청년의 어깨가 수하의 가슴을 슬쩍 밀쳤다.

눈으로 확인하기 힘들 정도로 빠른 몸놀림.

저 뚱뚱한 몸뚱이가 저렇게 빨리 움직일 수 있다는 것이 코앞에서 보고 있음에도 믿기 어려울 정도였다.

피 화살을 입에서 뿜으며 날아가는 수하에게 원두엽이 덧붙였다.

"니가 인기척도 못 느낄 정도로 고수야."

원두엽이 표정을 일그러뜨렸다.

수하들이 시간을 많이 벌어 주지 못 한 탓에 결국 놈과 맞닥트리고 말았다

이렇게 된 이상 결정을 내려야 했다.

"원하는 게 뭐냐?"

"등에 매고 있는 것!"

"이게 뭔지 알고 달라는 거냐?"

"황금이잖아?"

"어떻게 알았지?"

"아까 누런빛이 뿜어져 나오더라고."

둔해 빠지게 생겼는데, 눈치는 더럽게 빠르다.

'어쩌지?'

결국 선택의 가지 수는 두 개였다.

금괴가 든 상자를 넘기거나, 저 돼지 새끼와 싸워서 쓰러트리거나.

원두엽이 머리를 긁적였다.

어느 쪽도 선택하기 어려웠다.

힘들게 모은 금괴는 순순히 내놓기에는 너무 아까웠고, 그렇다고 싸우기에는 돼지 새끼가 너무 강했다.

그래서 망설이고 있을 때, 돼지 새끼가 재촉했다.

"선택해!"

"뭘?"

"순순히 내놓든가, 아니면 죽든가?"

평소에 자신이 하던 협박을 상대에게 당하니 기분이 더러

웠다.

그래서 인상을 쓴 채 원두엽이 물었다.

"이걸 왜 원하는 거지?"

"집이 망했거든. 그래서 돈이 좀 필요해."

"나쁜 새끼!"

"얼른 결정하라니까."

"진짜 살려 줄 거지?"

"그래."

망설이던 원두엽이 결국 상자들을 내려놓았다.

그리고 방심하고 있던 원두엽의 앞으로 돼지 새끼가 다가왔다.

"지금 뭐하는……?"

출렁.

퍽!

돼지 새끼의 어깨가 가슴에 닿는 순간, 원두엽은 피를 토하며 날아가서 동굴 벽에 부딪히고 나서야 바닥에 떨어졌다.

"이런 썩을…… 살려 준다며."

"날 속였잖아."

"뭘 속여?"

"이거!"

돼지 새끼가 마지막 순간까지 감추어 두려고 했던 품속의 비자금을 날름 빼 간 순간, 원두엽이 두 눈을 감았다.

"죽진 않을 거야."

위로 같지도 않은 위로를 들은 원두엽이 분한 마음을 이기지 못 하고 주먹을 꽉 말아 쥐었을 때, 돼지 새끼가 히죽 웃으며 덧붙였다.

"쟁자수로 일한 보람이 있네!"

8장
용봉단

천마 마선풍.

십만 마교도들의 수장인 마선풍이 차를 마시다 말고 코끝을 찡그렸다.

"지금 뭐라고 그랬지?"

"용봉단이 움직였습니다."

"용봉단이 움직여?"

"그렇습니다."

머리통이 깨지지 않기 위해 바싹 긴장한 채 재빨리 대답을 꺼내 놓고 있는 마뇌 구유서를 노려보던 마선풍이 코끝을 문질렀다.

"어디로?"

"청해성입니다."

"청해성? 그 촌구석엔 왜?"

"색마 선대수를 처단하기 위해서입니다."

그 대답을 들은 마선풍이 흥분했다.

"뭐야? 정마대전이라도 벌이자는 거야?"

"그게 무슨 말씀이신지?"

"색마 선대수를 처단한다며. 색마면 우리 신교의 제자일 거 아냐?"

"교주님!"

"왜?"

"색마 선대수는 우리 신교의 제자가 아닙니다."

"그런데 왜 색마야?"

"저항할 능력이 없는 부녀자들을 수십 명이나 강제로 범한 것도 모자라, 능욕하고 죽였기 때문에 색마라고 불립니다."

"이런 쌍!"

구유서의 설명을 들은 마선풍이 참지 못 하고 마기를 뿜어냈다.

"왜 그 더러운 새끼 별호에 마가 들어가는 거야? 이 새끼들이 안 좋은 거는 다 우리 신교를 끌어다 붙인단 말이야? 이러니까 사람들이 우리가 진짜 나쁜 놈이라고 생각하는 거 아냐!"

흥분해서 씩씩거리던 마선풍이 마기를 감당하지 못 하고 벌벌 떨고 있는 구유서에게 다시 물었다.

"색마 선대수라는 놈, 고수야?"

"워낙 잔혹한 행동 때문에 색마라는 별호가 붙긴 했지만 고수는 아닙니다."

"그런데 왜 용봉단 애새끼들까지 보냈대?"

"아무래도 다른 목적이 있는 것 같습니다."

"무슨 목적?"

"아직 거기까지는 파악하지 못 했습니다."

"냄새가 나……."

"네?"

"무림맹주, 그 음흉한 새끼가 아무 이유 없이 일을 벌일 리가 없잖아? 분명히 무슨 꿍꿍이가 있을 거야."

"가능한 빨리 파악하겠습니다."

"야, 마뇌!"

"네, 교주님!"

"어떻게 알아볼 건데?"

"그건 지금부터 방법을 찾아보도록……."

"하여간, 말만 번지르르한 새끼."

"네?"

"책상 앞에 앉아서 대가리만 굴리지 말고 일 좀 쉽게 하면 덧나냐? 용봉단 애새끼들 잡아서 족치면 금방 알아낼 수 있을 거 아냐!"

"그렇긴 하지만……."

"하지만 뭐야?"

"잘못하다가는 무렴맹과의 관계가 악화될 수도 있습니다."

머뭇거리며 대답하는 구유서를 노려보던 마선풍이 참지 못 하고 뒤통수를 힘차게 후려갈겼다.

"너, 진짜 대가리 좋은 거 맞아?"

"왜 그러십니까?"

"우리가 한 게 아닌 것처럼 보이게 하면 될 거 아냐?"

"역시 교주님이십니다."

"내가 너보다 머리가 좋지?"

"무공과 지력을 모두 갖추신 역대 최고의 교주님이라는 평가가 괜히 나온 게 아닌 것 같습니다."

구유서의 이야기를 듣던 마선풍이 흡족하게 웃었다.

"너 별호 바꿔라."

"교주님의 지시라면 따르겠습니다. 뭘로 바꿀까요?"

"마설!"

"마설요?"

"대가리가 아니라 세 치 혀 덕분에 아직 살아 있으니까."

"분부대로 따르겠습니다."

공손하게 고개를 조아리는 구유서를 한심하게 바라보던 마선풍이 차를 마시다가 물었다.

"아까 그놈 이름이 뭐라 그랬지?"

"누구 말씀이십니까?"

"색마!"

"선대수입니다."

"색마 선대수?"

"그렇습니다."

"용봉단 애새끼들이 찾기 전에 그 새끼 먼저 찾아."

"왜 그러십니까?"

"색마라는 놈을 잡기 위해서 백가 놈이 애지중지 아끼던 용봉단 애새끼들까지 움직인 걸 보니 뭔가 수상해."

무림맹의 맹주인 백가 놈은 용봉단을 무척 아꼈다.

그런 그가 용봉단의 애새끼들까지 움직인 데는 분명히 이유가 있을 터.

색마 선대수를 찾아서 확인해 볼 가치가 있다는 생각이 들었다.

그리고 하나 더.

마선풍이 흐뭇하게 웃으며 덧붙였다.

"별호가 색마라니. 왠지 정감 있잖아."

추상화가 크게 숨을 들이켰다.

무려 십 년 만에 청해성으로 다시 돌아왔다.

고향에 다시 돌아왔다는 생각만으로 기분이 들떴다.

그런데 십 년 전과 지금의 자신은 많이 달라져 있었다.

명문세가의 자제들 중에서도 기재라 알려진 자들로 구성된 용봉단!

그 용봉단의 부단주라는 직책까지 얻어서 청해성으로 돌

아오는 길이었다.

기분 탓일까?

콧속으로 파고드는 공기부터 상쾌했다.

그래서 기분 좋게 웃던 추상화가 말의 고삐를 당기며 슬쩍 고개를 돌렸다.

'차가운 게 흠이긴 하지만, 참 예쁘단 말이야!'

눈처럼 하얀 백마 위에 올라타고 있는 모용수린의 옆얼굴을 훔쳐보던 추상화가 입맛을 다셨다.

호수처럼 깊고 맑은 두 눈과 솜씨가 뛰어난 화공이 공들여 그린 듯한 부드러운 눈썹, 도톰하면서도 매혹적인 붉은 입술.

모용수린은 강호에서도 세 손가락 안에 든다고 알려졌을 정도로 미모가 뛰어났다.

게다가 모용세가의 가주인 모용백의 금지옥엽이니 배경 또한 든든했다.

추상화도 사내인 만큼 모용수린에게 관심이 있었다.

그래서 그간 적잖이 공을 들였다.

하지만 끈질기게 구애를 했음에도 모용수린은 꿈쩍도 하지 않았다.

'네년이 언제까지 그리 도도할 수 있을지 어디 두고 보자!'

추상화가 속내를 감춘 채 웃으며 말을 걸었다.

"이제 청해성에 들어섰습니다. 모용 소저, 많이 피곤하시지요? 이제 곧 벽검장에 도착할 테니 편히 쉬도록 하십시오."

"조금도 피곤하지 않으니 신경 쓰지 마세요."

"하하. 사양하실 필요 없습니다. 제집처럼 편하게 지내십시오."

"우리는 쉬러 온 게 아닙니다. 임무를 수행하는 중입니다."

냉랭하게 대꾸하는 모용수린을 확인한 추상화가 고개를 돌렸다.

이번 임무에 투입된 용봉단의 단원들은 부단주인 자신을 포함해 총 다섯 명!

홍일점인 모용수린과 하북팽가의 소가주인 팽문호, 화산파의 일대제자인 여건욱, 천도문 문주의 둘째 아들인 홍대용이 동행하고 있었다.

'아무리 대단한 배경을 가지고 있다고 해도 결국 내 밑이지.'

이런 든든한 뒷배경을 가진 후기지수들을 자신이 이끌고 있다는 사실이 추상화의 기분을 다시금 들뜨게 만들었다.

"내가 거하게 술을 살 테니 모두 함께 회포를 풀도록 하세."

흥을 감추지 못 하고 목청을 높였지만, 돌아온 반응은 냉랭했다.

여건욱과 홍대용은 대꾸도 하지 않았고, 팽문호만이 호탕하게 웃으며 대꾸했다.

"코가 삐뚤어질 때까지 마실 테니 단단히 준비하셔야 할 겁니다."

"청해성에 있는 술은 다 가져올 테니 걱정하지 말게."

팽문호에게 화답하던 추상화가 눈살을 가볍게 찌푸렸다.

여건욱은 원래 말수가 적은 편이었다.

게다가 명색이 도가 계열인 화산파의 제자니 술을 마시자는 제안에 반색하는 것은 무리였다.

하지만 홍대용은 달랐다.

부루퉁한 표정을 짓고 있는 홍대용은 이번 임무를 시작할 때부터 노골적으로 불만인 기색을 드러내고 있었다.

마음 같아서는 제대로 기를 꺾어 놓고 싶었지만, 천도문의 절기를 익힌 홍대용은 후기지수들 가운데서도 손꼽히는 고수였다.

그리고 괜히 천도문과 껄끄러운 관계가 돼서 긁어 부스럼을 만드는 것도 마음에 걸렸다.

그래서 추상화가 억지웃음을 머금은 채, 홍대용에게 말을 걸었다.

"청해성은 공기부터 상쾌하지 않습니까?"

"코가 막혔나?"

"그게 무슨 소립니까?"

"명색이 무인인데 피 내음도 못 맡나?"

기분이 상해서 정색하고 있던 추상화가 다시 숨을 깊숙이들이마셨다.

홍대용의 말은 사실이었다.

아까는 맡지 못했던 피 내음이 훅 끼쳤다.

"서두릅시다!"

추상화가 채찍을 휘두르며 앞장섰다.

그리고 잠시 뒤, 싸움이 벌어졌던 곳에 도착했다.

'만호채의 산적들이로구나. 표사들과 싸움이 벌어졌었어!'

비록 추상화가 오랫동안 청해성을 떠나 있었다고 해도, 만호채의 산적들에 대해서는 잘 알고 있었다.

눈살을 찌푸린 채 수십 명의 산적들과 표사들이 뒤엉킨 채 쓰러져 있는 현장을 살피던 추상화가 두 눈을 빛냈다.

무려 십 년 만의 귀환!

그냥 집으로 돌아가는 것은 밋밋하다고 생각했는데, 이건 하늘이 내려 주신 기회나 다름없었다.

오랫동안 청해성 표국들과 상인들의 골칫거리였던 만호채의 산적들을 자신이 일망타진했다는 사실이 알려지면, 청해성 내에서 자신의 명성은 더욱 치솟으리라.

물론 만호채의 산적들은 만만치 않았다.

하지만 지금 추상화는 실력이 빼어난 용봉단의 후기지수들을 이끌고 있었다.

이들과 함께라면 만호채의 산적들을 소탕할 수 있다는 자신이 섰다.

그래서 추상화가 입을 뗐다.

"청해성에서 흉명을 날리고 있는 만호채의 산적들이요. 이들의 악행으로 인해 청해성에 원성이 자자하니 이번 기회에 토벌을 하는 것이 어떻겠소? 나는 이들의 악행을 목도하고 그냥 지나칠 수 없소."

의협심을 내세우며 운을 뗐지만, 이번에도 반응이 별로였다.

"추 소협."

"왜 그러십니까?"

"아까도 강조했지만 우린 맹주님께서 지시하신 임무를 수행하고 있는 중이에요. 임무를 해결하는 것이 가장 시급하니 다른 곳에 자꾸 눈을 돌리지 않으셨으면 좋겠어요."

모용수린이 냉랭한 목소리로 경고했다.

'저년이 사사건건 시비를 거는구나. 내 언젠가 너를 고분고분하게 만들어 놓고야 말겠다.'

슬쩍 미간을 찌푸렸던 추상화가 언제 그랬냐는 듯 환하게 웃으며 강변했다.

"저희에게 맡겨진 임무가 중요하다는 것은 잊지 않았습니다. 하지만 산적들의 만행을 두 눈으로 직접 목도하고 어찌 그냥 내버려 두고 떠날 수 있습니까? 불의를 보고도 눈을 감아버리는 것은 사내로서 할 짓이 아닙니다. 그렇지 않은가, 팽 소협?"

"옳은 말씀입니다. 불의를 보고도 그냥 지나치는 것은 사내로서 할 일이 아니지요. 제가 돕겠습니다."

예상대로 팽문호는 적극적으로 나서 주었다.

하지만 나머지 두 명이 문제였다.

팔짱을 낀 채 여건욱이 말했다.

"이미 많은 피가 흘렀습니다. 더 이상의 살상은 좋지 않다고 봅니다."

'누가 도사 나부랭이 아니랄까 봐.'

그럼 화산에 처박혀서 경전이나 읽을 것이지 대체 왜 검을 들었냐고 소리치고 싶은 것을 꾹 참고 있을 때, 홍대용도 끼어들었다.

"난 수린이의 말이 옳다고 생각해. 임무가 우선인데 쓸데없는 일에 시간을 낭비할 필요는 없지."

"악행을 일삼는 산적들을 소탕하는 것이 어찌 시간을 낭비하는 겁니까?"

"부단주가 그리 의협심이 강한지 몰랐군."

"……."

"어쨌든 난 시시한 일에 끼어들 생각 없어. 정 의협심에 불타면 부단주가 혼자 산적들을 소탕하고 오든가. 난 수린이와 함께 여기서 기다리지."

이죽거리고 있는 홍대용의 면상에 주먹을 날려 버리고 싶은 것은 추상화는 이번에도 꾹 참았다.

'네놈의 속셈을 모를 것 같아?'

홍대용은 모용수린에게 호감을 가지고 있었다.

그래서 그녀의 뜻에 동조하고 있는 것이었다.

'어쩌지?'

모용수린은 물론이고, 여건욱과 홍대용도 나서지 않겠다는 뜻을 분명히 밝혔다.

만호채의 산적들을 소탕하는 것은 팽문호와 둘이서 해야 할 판국이었다.

'괜히 나섰나?'

명성을 날리고 싶었다.

그리고 이번 기회에 모용수린의 호감을 얻고 싶어서 시작한 일이었는데, 상황은 전혀 뜻대로 흘러가지 않았다.

하지만 기왕지사 내친걸음이었다.

여기서 멈추기에는 자존심이 허락치 않았다.

"그럼 우리 둘이서라도 가세. 난 만호채 산적들이 계속 악행을 저지르는 것을 두고 볼 수 없네."

"어서 가시지요."

"산채의 위치는 내가 알고 있으니 내 뒤를 따르게."

말의 고삐를 당겨 방향을 바꾸며 추상화가 모용수린을 힐끗 살폈다.

모용수린의 표정은 여전히 냉랭했다.

원두엽이 한숨을 푹푹 내쉬었다.

"나쁜 새끼! 그래도 약속은 지켰네."

꼼짝없이 죽었다고 생각했는데.

내상이 꽤 심각하긴 했지만, 죽지는 않을 거라는 돼지 새끼의 말 대로였다.

그리고 죽은 수하들도 없었다.

어디 한 군데씩 부러지거나 내상을 입기는 했지만, 아무도 죽지는 않았다.

하지만 원두엽은 웃을 수 없었다.

'그게 어떻게 모은 건데. 난 망했다!'

십 년 넘게 산적질 하며 어렵게 모았던 금괴와 비자금을 홀랑 털렸다.

다시 금괴와 비자금을 모을 생각을 하니 눈앞이 깜깜했다.

게다가 아직 끝이 아니었다.

그 돼지 새끼는 분명히 자신이 쟁자수라고 했다.

산적질을 하다 보면 언제 또 그 돼지 새끼와 만나게 될지 알 수 없었다.

"더럽고 치사해서 내가 여기 뜬다!"

굳이 여기가 아니라도 산적질을 해 먹을 곳은 많았다.

수하들이 다 뒈지지 않았으니 다른 곳에 가서 터를 잡고 새로 시작하면 됐다.

원두엽이 막 결심을 굳혔을 때, 팔이 부러진 수하가 다가와 말했다.

"채주님!"

"또 왜?"

"누가 찾아왔는데요?"

"누구? 그 돼지 새끼가 또 찾아왔어?"

수하의 얘기를 듣자마자 심장이 철렁 내려앉는 느낌이었다.

그래서 사색으로 변한 채 묻자, 수하가 대답했다.

"그 뚱뚱한 새끼는 아닌데요."

"다행이네."

"별로 다행인 것 같지 않습니다."

"왜?"

"뚱뚱한 새끼보다 더 지독한 놈들입니다."

"그 돼지 새끼보다 더 지독할 수가 있어?"

"이 새끼들은 막 죽여요."

크윽!

끄아악!

산채 내부에 수하들의 비명 소리가 울려 퍼지고 있었다.

정신이 퍼뜩 든 원두엽이 철퇴를 움켜쥐었다.

"대체 어떤 새끼들이야? 우리한테 대체 왜 이래?"

동네북도 아니고!

분기탱천한 원두엽이 소리칠 때, 두 명의 젊은 사내가 모습을 드러냈다.

"저 놈이 채주인가요?"

"그런 것 같군."

"그런데 좀 이상하네요."

"뭐가 이상해?"

"산적들이 너무 약한데요?"

"산적들이 약한 게 아니고 팽 소협과 내가 강한 거야."

"그런가요?"

"그래."

"어쩔까요? 바로 죽일까요?"

"아니. 저놈은 내가 죽이지."

젊은 사내들이 실실 웃으며 나누는 대화를 듣던 원두엽이 얼굴이 벌겋게 상기됐다.

'어쩌다 이렇게 됐지?'

젊은 사내들은 고수였다.

나이에 비해서 기도가 뛰어난 것이 느껴졌다.

하지만 그 돼지 새끼만큼은 아니었지만.

수하들이 내상과 부상만 입지 않았다면 젊은 사내들을 감당할 수 있을 자신이 있었다.

그러나 이미 상황은 벌어진 후고, 때가 너무 좋지 않았다.

"이 새끼들아! 만호채가 그렇게 우습게 보여?"

차르륵.

원두엽이 철퇴와 연결된 쇠사슬을 힘껏 움켜쥐었다.

어차피 피하기에는 너무 늦은 상황.

시운이 좋지 않다고 해서 사정할 수는 없는 노릇이었다.

"만호채를 건드린 대가를 치르게 해 주마!"

원두엽이 힘껏 철퇴를 날렸다.

부우웅.

파공성을 일으키며 날아간 철퇴가 두 젊은 사내 가운데 좌측에 서 있던 얍삽하게 생긴 놈에게로 날아들었다.

"흥, 실력은 쥐뿔도 없으면서 입만 살았군."

두 눈이 찢어진 젊은 놈은 피하는 대신 검을 휘둘렀다.

'걸렸다!'

그 대응을 확인한 원두엽이 두 눈을 빛냈다.

콰앙!

겁도 없이 철퇴를 향해 검을 휘두르다니.

타고난 신력과 내력 하나만큼은 자신 있던 원두엽이 젊은 놈이 뒤로 밀려날 것을 예상하고 달려들려 했지만, 상황은 예상과 다르게 흘러갔다.

젊은 놈은 전혀 뒤로 밀리지 않았다.

오히려 뒤로 밀려난 것은 원두엽이었다.

'그 돼지 새끼한테 입은 내상 때문이야! 내상만 아니었어도.'

속절없이 뒤로 밀려나며 원두엽이 한탄했다.

그러나 한탄만 할 수는 없는 노릇.

원두엽은 노련하게 철퇴와 연결된 쇠사슬을 회전시켰다.

차르륵.

빠르게 휘어진 쇠사슬이 젊은 놈의 검을 휘감았다.

이제 철퇴의 방향을 허공에서 바꾸어 공격하는 일만 남았다고 생각했는데, 또다시 뜻밖의 상황이 벌어졌다.

뚝!

쇠사슬이 거짓말처럼 끊어졌다.

'보검?'

한철로 만든 쇠사슬이 끊어진 것을 확인한 원두엽이 당황하는 사이, 젊은 놈은 지척까지 다가와 검을 휘둘렀다.

서걱!

불에 데인 듯한 통증이 가슴에서 밀려들었다.

바닥으로 쓰러지는 원두엽의 귓속으로 젊은 놈이 내뱉는 일성이 파고들었다.

"악행을 저지르는 만호채의 산적들을 내 손으로 모두 도륙했노라!"

그 유치한 일성을 듣던 원두엽이 속으로 소리쳤다.

'지랄도 풍년이다!'

☯

진풍이 눈을 떴다.

예전보다 귀가 밝아진 것이 꼭 좋은 것만은 아니었다.

"시끄러워서 잠을 잘 수가 없네!"

아직 이른 아침이었지만, 아버지와 어머니가 나누는 대화 소리가 들려서 계속 잠을 잘 수가 없었다.

느릿하게 몸을 일으킨 진풍이 아버지와 어머니의 대화 소리에 귀를 기울였다.

"당신 표정이 왜 그렇소?"

"조소영, 그 불여시 같은 년 때문에 잠이 안 와요."

"벽검장의 안주인이 당신에게 뭐라고 했소?"

"그 불여시야 언제나 말이 많죠."

"그냥 무시하시오."

"무시할 수가 있겠어요? 그 불여시 같은 년의 아들이 돌아왔는데? 그것도 그냥 돌아온 게 아니라 금의환향을 했는데."

"상화가 돌아왔소?"

"당신은 대체 아는 게 뭐예요? 그 불여시 같은 년의 아들이 어제 돌아왔어요."

"그랬소? 벽검장주가 아주 좋아했겠구만. 다음에 만나면 축하해 줘야겠구려."

"축하? 지금 축하하겠다는 말이 나와요?"

"왜 그러시오?"

"당신은 자존심도 없어요?"

"그게 무슨 말이오?"

"그 불여시 같은 년의 아들이 용봉단의 부단주가 돼서 돌아왔어요."

"그것도 축하할 일이지."

"당신 벌써 잊었어요? 원래 그 자리는 우리 진풍이의 자리였어요. 진풍이가 갑자기 사라진 덕분에 그 불여시 같은 년의 아들이 대신 그 자리를 꿰찬 거죠. 그런데도 지금 축하란 말이 나와요?"

"그건 좀 아쉽소. 아니, 많이 아쉽구려."

아버지가 입맛을 쩝 다시는 소리가 들릴 때, 어머니의 뾰족한 목소리가 이어졌다.

"어쨌든 그냥 돌아온 것도 아니에요. 만호채 알죠? 그 만호채의 산적들을 소탕하고 돌아왔대요. 벌써 청해성에 소문이 자자하게 퍼졌어요."

"그런 일이 있었소? 큰일을 했구만."

"지금 웃음이 나와요? 그 붙여시 같은 년이 작은 가슴을 앞으로 내밀고 잘난 척을 할 것을 생각하면 속이 쓰려 죽겠구만."

봇짐 속에서 당과를 꺼내 입속으로 밀어 넣던 진풍이 도중에 멈추었다.

"이게 아닌데."

만호채의 산채까지 찾아가서 쑥대밭으로 만들어 놓은 것은 자신이었다.

그런데 소문은 이상하게 퍼져 있었다.

'뭐가 어떻게 된 거지?'

진풍이 고개를 갸웃하는 사이, 아버지와 어머니의 대화는 계속 이어졌다.

"그런데 당신은 낯빛이 왜 그렇게 어두워요? 당신도 그 붙여시 같은 년의 아들이 잘 돼서 돌아오니까 배가 아픈 거죠?”

"그런 게 아니오."

"그럼 왜 그래요?"

"큰일이 생겼소."

"큰일? 또 무슨 일이 생겼는데요?"

"용흥표국이 망했소."

"흥, 그깟 표국 하나 망한 게 뭐가 대수라고."

"그깟 표국이 아니오. 설마 잊었소?"

"뭘 말이에요?"

"순풍이가 용흥표국에 몸담고 있다는 것을. 아니, 순풍이
만이 아니오. 진풍이도 용흥표국에서 일하고 있지 않소."

"……."

"용흥표국이 망하는 바람에 지금 우리 아들들이 꼼짝없이
백수가 되게 생겼소."

비로소 사태 파악이 된 걸까?

어머니의 침묵이 길어졌다.

"그럼 이제 어쩌죠?"

"나라고 뾰족한 수가 있겠소?"

"너무 걱정 말아요."

"당신은 정말…… 아니오."

"뭐예요?"

"참으로 긍정적이구려."

"당신이 틀렸어요."

"그럼 대체 뭐요?"

"우리 아들을 믿는 거예요."

"누굴 믿는다는 거요? 진풍이를 말하는 거요?"

"흥, 진풍이 얘기는 꺼내지도 말아요. 내 인생 최고의 실패작이니까."

최고의 실패작이라는 어머니의 말을 듣고 나서, 살짝 서운한 마음이 들기도 했다.

하지만 그건 잠시였다.

진풍의 표정은 이내 다시 밝아졌다.

"드디어 날 포기하신 것 같으니 좋아할 일이지."

진풍이 당과를 입속으로 쏙 밀어 넣고 달콤한 맛을 음미하는 사이, 두 분의 대화는 다시 이어졌다.

"그럼 순풍이를 믿는 거요?"

"그래요. 우리 순풍이는 용흥표국에서도 잘나가는 표사였잖아요."

"입은 비뚤어져도 말은 바로 합시다."

"무슨 뜻이에요?"

"우리 진풍이가 잘나가진 않았소. 솔직히 말하면 그동안 잘리지 않고 근근이 버틴 것도 허 국주가 신경을 써 준 덕분이요."

"모르는 소리 말아요."

"내가 몰랐던 게 있소?"

"그래요."

"대체 그게 뭐요?"

"우리 순풍이는 무한한 잠재력을 가지고 있어요. 다만 아직 그 잠재력이 세상에 드러나지 않았을 뿐이죠."

어머니의 열변을 듣던 진풍이 한숨을 내쉬었다.

'불쌍한 우리 형!'

형이 불쌍하다는 생각에 당과의 달콤함도 느끼지 못 할 정도였다.

그리고 그사이에도 두 분의 옥신각신은 계속됐다.

"우리 순풍이의 진면목을 알아보는 사람이 분명히 나타날 거예요."

"평생을 곁에서 지켜본 에비도 알아보지 못 한 순풍이의 진면목을 알아보는 자가 과연 나타나겠소?"

"당신은 고수가 아니라서 순풍이의 진면목을 알아보지 못 하는 거예요."

"후우, 그렇다 칩시다."

"지금 비꼬는 거예요?"

"아니오. 당신 말대로 순풍이의 진면목을 알아봐 주는 사람이 나타나면 얼마나 좋겠소? 그나저나 앞으로 어쩐다!"

변변찮은 두 아들이 졸지에 백수가 될 위기에 처했다.

그로 인해 절망한 아버지의 깊은 한숨 소리가 진풍의 귓속으로 파고들었다.

"쉴 수가 없네."

아버지의 근심을 조금이라도 덜어 드려야 할 것 같았다.

그래서 진풍은 새로운 일자리를 구하기로 결심하며 한탄
했다.
　"집에 돌아와도 바쁜 건 마찬가지네."

9장
집이 망했거든요

탁.

막 밥을 퍼서 입으로 가져가던 방천호가 도중에 수저를
내려놓았다.

그리고 예고도 없이 뛰어들어 식사를 방해한 최 집사에게
물었다.

"지금 뭐라 했소?"

"국주님께서 찾으시는 자를 찾아낸 것 같습니다."

"찾아낸 것 같다니. 그게 무슨 말이오?"

"제 발로 찾아온 것 같습니다."

"어찌 내가 찾는 청년인 줄 알았소? 최 집사는 얼굴도 본
적이 없지 않소?"

"얼굴을 몰라도 보는 순간 단번에 알 수 있었습니다."

"……?"

"정말 압도적으로 뚱뚱하더군요."

최집사의 이야기가 끝나기 무섭게 방천호가 맨발로 뛰어 나갔다.

오매불망 찾아 헤맸던 인재가 제 발로 찾아온 셈이었다

고수가 부족해 고전하고 있는 맹호표국에 날개를 달아 줄 서진풍을 만나기 위해서 달려 나갔던 방천호의 표정이 밝아 졌다.

성인 네 명이 한꺼번에 지나가고도 남을 정도로 넓은 맹 호표국의 정문이었다.

하지만 서진풍이 앞에 서 있자 넓은 정문이 비좁게 느껴 졌다.

그 정도로 압도적으로 뚱뚱한 서진풍의 앞으로 다가간 방 천호가 손부터 잡았다.

"서 소협, 왜 이제야 찾아오셨습니까?"

"다행히 기억하시네요."

"기억하다마다요. 이렇게 압도적으로 뚱뚱한데 어찌 잊을 수가…… 하하, 그게 아니라 서 소협은 우리 맹호표국의 은 인이신데 어찌 잊을 수 있겠습니까? 이 방 모, 절대 은혜를 가벼이 여기는 소인배가 아닙니다. 서 소협이 대체 언제 찾 아 주실까 눈이 빠지게 기다리고 있었습니다."

"부탁이 있어서 찾아왔어요."

"부탁이요? 하하, 우리 맹호표국의 은인이신데 무엇이든

들어드려야죠. 여기서 이럴 게 아니라 일단 안으로 들어가
시죠."

서진풍이 다시 눈앞에서 사라져 버릴까 두려웠다.

그래서 일단 서진풍을 접객실로 이끈 방천호가 시비가 차
를 가져오길 기다리며 넌지시 입을 뗐다.

"혹시 서 소협께서 지금 하고 계시는 일이 있습니까?"

"용흥표국에서 일을 했었어요."

"용흥표국이요?"

서진풍의 대답을 들은 방천호가 두 눈을 지그시 감았다.

역시 세상이 이렇게 뛰어난 인재를 가만 내버려 둘 리 없
었다.

이미 다른 표국에서 일을 하고 있다는 사실을 알고 나자
맥이 탁 풀렸다.

하지만 방천호는 내색하지 않고 입을 뗐다.

"이미 표두로 일하고 계셨군요."

"표두가 아니었는데요."

"그럼?"

"쟁자수였어요."

이렇게 뛰어난 인재가 쟁자수라니.

뭔가 단단히 잘못됐다고 생각했던 방천호가 혀를 내밀어
입술을 훑었다.

방금 전, 서진풍은 쟁자수로 일하고 있는 게 아니라 쟁자
수였다고 말했다.

그 말은 즉, 지금은 표국에서 일하고 있는 게 아니라는 뜻이었다.

"조금 전에 용흥표국이라고 하셨습니까?"

"맞아요."

"아!"

용흥표국은 맹호표국에 비해서는 한참 규모가 떨어지는 작은 표국.

그리고 방천호는 얼마 전 용흥표국에 대한 소문을 들었던 것이 떠올랐다.

표행 도중 만호채 산적들과 시비가 붙어서 표물을 잃어버리고, 표사들도 큰 부상을 입어서 문을 닫았다고 했다.

'쯧쯧, 인재를 곁에 두고도 알아보지 못 했구나!'

몇 번 만난 적이 있는 용흥표국의 국주인 허선웅의 얼굴을 떠올리던 방천호가 혀를 끌끌 찼다.

방천호가 그렇게 찾아 헤매던 서진풍이라는 인재를 바로 지척에 두고도 허선웅은 제대로 알아보지 못했다.

표두가 아니라 한낱 짐꾼이나 다름없는 쟁자수로 고용했던 것이 그 증거였다.

그리고 그 한 번의 실수로 인해 용흥표국은 문을 닫았다.

'이걸 다행이라 해야 하나?'

어쨌든 용흥표국은 망했다.

덕분에 서진풍은 더 이상 용흥표국 소속이 아니었다.

'같은 실수를 반복할 순 없지!'

지난 번, 월봉 몇 푼 아끼려고 표두가 아니라 표사를 제안했다가 아까운 인재인 서진풍을 잃을 뻔했다.

다시금 똑같은 실수를 반복하지 않겠다고 각오를 다진 방천호가 더 기다리지 않고 본론을 꺼냈다.

"서 소협, 부탁이 하나 있습니다."

"뭔데요?"

"저희 맹호표국에서 함께 일하시지 않으시겠습니까?"

"……"

"우리 맹호표국의 표두를 맡아 주십시오."

표사가 아니라 표두를 맡아 달라고 부탁했지만, 서진풍은 선뜻 대답하지 않았다.

'이미 마음이 상했나?'

그래서 방천호의 입술이 바싹바싹 타 들어갈 때, 마침내 서진풍이 입을 열었다.

"맹호표국의 쟁자수를 시켜 주세요."

방천호는 시비가 가져온 차에는 입도 대지 않았다.

대신 귀를 후빈 후 입을 뗐다.

"방금 쟁자수라 하셨습니까?"

"맞아요."

혹시 잘못 들은 게 아닐까 생각했는데, 제대로 들은 게 맞았다.

그리고 자신이 제대로 들었다는 것을 확인하고 나자, 자연스레 의문이 깃들었다.

표두와 쟁자수는 대우뿐만 아니라 월봉에서도 천지차이였다.

모두가 표두가 되고 싶어 안달이 난 판국인데, 왜 짐꾼이나 마찬가지인 쟁자수를 하겠다는 건지 알 수가 없었다.

"서 소협, 뭔가 착각을 한 듯한데……."

"착각한 게 아니에요."

"그런데 왜 표두가 아니라 쟁자수를……."

"난 표두가 되면 안 돼요."

"대체 왜입니까?"

"엄마 때문에요."

전혀 예상치 못했던 뜻밖의 대답이었다.

그래서 방천호의 말문이 막힌 사이, 서진풍이 덧붙였다.

"설명하자면 긴데…… 어쨌든 사정이 있어요."

"아, 네!"

"그보다 우선 대답을 해 주세요."

"무슨 대답을……? 아, 물론 가능합니다."

무슨 사정이 있는지는 자세히 알지 못 하지만, 서진풍은 분명히 쟁자수로 쓰기에는 아까운 인재였다.

그럼에도 불구하고 이 제안을 받아들인 이유는 일단 서진풍을 맹호표국에 붙잡아 두고 보자는 욕심 때문이었다.

'보자. 대우를 어찌해야 하지? 이거 참 난감하구만.'

그리고 맹호표국의 쟁자수로 일하게 될 서진풍의 대우에

대해 방천호가 고민하며 골머리를 앓고 있을 때였다.

"저도 부탁이 하나 있어요."

"부탁이요? 뭡니까? 뭐든지 말씀하십시오."

서진풍이 꺼낸 이야기를 듣고, 방천호의 표정이 밝아졌다.

차라리 이렇게 먼저 얘기를 꺼내 주니 마음이 편했다.

그리고 어지간한 요구 조건은 다 들어주겠다고 결심했을 때, 서진풍의 입에서 또 뜻밖의 이야기가 흘러나왔다.

"형이 있어요."

"아, 형제분이 계셨습니까?"

"얼마 전까지 용흥표국에서 표사로 일을 했었는데 이번에 표국이 망하면서 백수가 됐죠."

"저런……."

"그래서 말인데. 저희 형도 맹호표국에서 일할 수 있게 해 주세요."

가만히 이야기를 듣고 있던 방천호의 입이 서서히 벌어졌다.

곤란한 부탁을 할 거라 예상하고 긴장하고 있었는데, 오히려 반대였다.

호박이 넝쿨째 굴러 들어오고 있었다.

호부 밑에 견자 없다란 말은 괜히 생긴 말이 아니었다.

서진풍은 감히 맹호표국이 품기에 과분할 정도로 뛰어난 인재.

그런 서진풍의 형이라면 그에 못지않은 뛰어난 인재일 거란 확신이 섰다.

그래서 방천호가 속으로 쾌재를 부르고 있을 때, 서진풍이 불안한 표정으로 물었다.

"안…… 되나요?"

"그게 아니라……."

"사실 우리 형이 그렇게 뛰어난 인재가 아니긴 해요. 어쨌든 아쉽네요. 아까 쟁자수 얘기는 없던 걸로……."

"서 소협!"

"네?"

"제 말을 끝까지 들어 보셔야 하지 않겠습니까? 서 소협의 형님도 저희 맹호표국에서 일하셔도 됩니다. 아니, 서 소협의 형님께서 우리 맹호표국에서 일을 해 주신다면 오히려 저희가 영광입니다."

"뭘, 영광씩이나."

"그게 무슨 겸양의 말씀이십니까? 서 소협의 형님이시라면 엄청난 인재가 틀림없을 텐데 저희 맹호표국에서 함께 일할 수 있다면 큰 영광이지요."

"거 참, 뛰어난 인재는 아니라니까요."

"형님께 맹호표국의 표두 직책을 맡아 주실 수 있는지 여쭤 봐 주십시오."

"표사가 아니라 표두요?"

"이 방 모, 능력이 뛰어난 인재를 섭섭하게 대우할 정도로 소인배는 아닙니다."

기왕 쓰는 인심.

화끈하게 인심을 썼다.

당연히 표정이 밝아질 거라 예상했는데, 서진풍은 기뻐하기보다 안타까운 표정을 짓고 있었다.

"우리 형, 큰일 났네!"

'왜 저러지?'

자세한 속사정은 알 수 없었다.

그러나 방천호는 더 신경 쓰지 않기로 했다.

뛰어난 인재인 서진풍과 그에 못지않은, 아니, 어쩌면 더 뛰어날지도 모르는 서진풍의 형까지 한꺼번에 맹호표국으로 영입했다는 생각에 방천호는 벌떡 일어나 만세라도 부르고 싶은 심정이었다.

그래서 한껏 들뜬 표정을 짓고 있을 때였다.

"월봉이 얼마나 되요?"

"맹호표국 표두의 월봉은 달에 은자 다섯 냥입니다. 그리고 쟁자수의 월봉은 동전 삼백 문이긴 한데……."

말끝을 흐린 방천호가 결심을 굳혔다.

어차피 쓰는 인심, 팍팍 쓰기로.

"서 소협의 경우는 워낙 특이하니 표두와 마찬가지로 은자 다섯 냥을 드리겠습니다."

"그럴 필요 없어요."

"네?"

"다른 쟁자수들과 똑같이 주세요."

"하지만……."

또다시 예상과 빗나가는 상황에 방천호의 말문이 막혔을 때, 서진풍이 품속을 뒤지기 시작했다.

잠시 뒤, 서진풍이 품속에서 꺼내서 앞으로 내민 것은 누런 금괴였다.

"이게 뭡니까?"

"우리 형 월봉이요."

"네? 그게 무슨……."

"그 금괴를 은자로 바꿔서 우리 형에게 월봉으로 은자 스무 냥씩 주세요."

"대체 왜?"

"집이 망했거든요."

"그런데 왜 서 소협이 직접 이 금괴를 건네지 않고?"

"그럴 사정이 있다니까요."

"……."

"그렇게 해 줄 수 있죠?"

방천호가 엉겁결에 고개를 끄덕였다.

사실 딱히 어려울 건 없었다.

방천호의 돈이 나가는 것도 아니었으니까.

그 사이 서진풍이 한마디를 덧붙였다.

"기왕 하는 김에 하나만 더 부탁할게요."

"다른 표사들은 많이 다쳤다는데, 무사히 돌아왔으니 그 걸로 됐다!"

아버지의 반응이었다.

물론 이게 다는 아니었다.

애써 괜찮은 척 하려 했지만, 아버지는 새어 나오는 한숨 까지는 참지 못 하고 땅이 꺼져라 푹푹 내쉬었다.

"너무 걱정할 것 없어. 일할 곳이야 사방에 널려 있으니 까. 네 진면목을 알아보면 서로 먼저 데려가지 못 해서 안 달일 거야."

이건 어머니의 반응이었다.

아버지의 입에서 다시 한숨이 흘러나왔다.

이번에는 순풍도 참지 못 하고 한숨을 내쉬었다.

용흥표국의 표사, 그것도 용흥표국의 국주인 허선웅과 친 분이 돈독했던 아버지의 부탁 덕분에 실력도 모자란 주제에 표사 자리를 꿰찼다.

하지만 용흥표국이 문을 닫았으니 이제 그 표사 직책도 날아가 버렸다.

이게 바로 순풍의 진면목!

더할 것도 뺄 것도 없는 진면목이었건만, 어머니는 존재 하지도 않는 숨은 진면목이 있을 거라고 철석같이 믿고 계 셨다.

그저 집에 머물고 있는 것만으로도 숨이 막힐 지경이었 다.

그래서 순풍은 용흥표국으로 찾아갔다.

혹시나 하는 마음에 찾아가 봤지만, 용흥표국의 문은 굳게 닫혀 있었다.

그것을 확인하고 나니, 마땅히 갈 곳이 없었다.

그래서 순풍은 방황했다.

목구멍이 포도청이니 새로운 일을 찾아야 했다.

그렇지만 다른 표국으로 무작정 찾아간다고 해서 표사로 채용시켜 줄까?

앞 다투어 모셔 갈 거란 어머니의 예상과 달리, 순풍을 표사로 채용해 줄 표국은 어디에도 없었다.

자신이 가진 실력을 알기에 순풍이 누구보다 잘 알았다.

저잣거리를 이리저리 헤매고 다니던 순풍이 소면으로 요기라도 할 요량으로 객잔으로 들어갔다.

창가에 자리를 잡고 앉아서 밖을 내다보고 있자니 사람들이 웅성거리는 소리가 들렸다.

"저게 사람이여? 돼지 새끼여?"

"용케 걸어는 다니네."

"대체 어느 집 자식이래?"

웅성이는 사람들이 바라보고 있는 방향으로 고개를 돌린 순풍의 낯빛이 달아올랐다.

진풍의 뚱뚱함은 압도적이었다.

사람들로 붐비고 있었지만, 단번에 눈에 띄고도 남았다.

진풍에게 한심한 시선을 던지고 있던 순풍은 마침 시선이
부딪히자마자 재빨리 고개를 돌렸다.

놀라우리만치 뚱뚱한 진풍과 형제라는 사실을 사람들에게
들키고 싶지 않았다.

'제발 그냥 지나가라!'

그래서 재빨리 고개를 돌렸건만, 눈치 없는 진풍은 그냥
모른 척 지나가지 않았다.

"형!"

"그…… 그래."

"여기서 뭐해?"

"그냥 요기나 하려고."

"용흥표국에서 잘리고 나니까 갈 데가 없구나."

아픈 부분을 콕 찔린 순풍의 낯빛이 더욱 붉어졌을 때,
진풍이 맞은편에 앉았다.

"……넌 여기서 뭐해?"

"일자리를 좀 찾아보려고 돌아다니던 중이야."

"일자리? 흥!"

순풍이 코웃음을 쳤다.

진풍이 용흥표국의 쟁자수가 된 것도 아버지 덕분이었다.

이렇게 뚱뚱한 진풍을 선뜻 채용해 줄 표국은 장담컨대
어디에도 없었다.

"어느 표국에서 널 쓸까?"

그래서 비꼬듯이 말했지만, 진풍은 당당하게 대꾸했다.

"맹호표국!"

"맹호표국? 거짓말하지 마. 그런 표국 이름은 들어 본 적 이……."

들어 본 적이 있었다.

그것도 자주 들어 봤다.

맹호표국은 용흥표국과는 비교도 할 수 없을 정도로 규모가 큰 표국이었다.

"진짜야?"

"그래."

"말도 안 돼."

선뜻 믿기지 않아 반신반의하며 보고 있을 때, 진풍이 씩 웃으며 물었다.

"놀랐어?"

"당연하지."

"더 놀라운 사실을 알려 줄까?"

"더 놀라운 사실? 뭔데?"

"형도 맹호표국에서 일하게 됐어."

"뭐라고?"

"그것도 표두로!"

순풍이 입에 넣고 있던 소면을 다시 뱉어 내고 입을 쩍 벌렸다.

맹호표국이라니.

그것도 표사가 아니라 표두라니.

순순히 믿기 힘든 현실이 닥치자, 일단 의심부터 들었다.

"그게 진짜야?"

"속고만 살았어?"

"대체 왜?"

맹호표국처럼 규모가 큰 표국에서 대체 왜 자신을 채용한 단 말인가?

그것도 표사가 아니라 표두로.

순풍의 의심이 자꾸 부피를 키워 갔다.

"몰라!"

"모른다고?"

"정 궁금하면 직접 물어보든가."

"그…… 그럴까?"

순풍이 소면을 먹다 말고 벌떡 일어났다.

지금 소면이 문제가 아니었다.

그래서 바로 맹호표국으로 향해 달려가던 순풍이 도중에 걸음을 멈추었다.

너무 흥분한 탓에 진풍이를 미처 신경 쓰지 못했다.

뛰는 것은 고사하고 느릿느릿 걷는 것도 힘들어 할 진풍이를 기다리기 위해서 멈춰 선 채 고개를 돌렸던 순풍이 화들짝 놀랐다.

진풍이는 바로 지척에 서 있었다.

"왜 그렇게 놀라?"

"언제 따라왔어?"

"방금 전에."

"너 혹시……."

"혹시 뭔데?"

"무공을 감추고 있는 것 아냐?"

두 눈을 가늘게 뜨고 추궁했지만, 진풍이는 전혀 당황하지 않고 대답했다.

"형! 나처럼 뚱뚱한 고수 봤어?"

"못 봤지."

"그런데 왜 의심해?"

"아니다. 내가 미안하다."

순풍이 괜한 의심을 한 것에 대해서 순순히 사과했다.

진풍이의 말이 옳았다.

저렇게 압도적으로 뚱뚱한 고수는 세상 어디에도 존재하지 않았다.

"얼른 가자!"

깨끗하게 의심을 지워 버린 순풍이 다시 맹호표국으로 향하는 걸음을 재촉했다.

방천호가 의심쩍은 시선을 던졌다.

"정말 자네가 서 소협…… 아니, 진풍이의 형인가?"

"네, 제가 진풍이의 형인 서순풍입니다."

"그래? 하나도 안 닮았구만."

서진풍이 워낙 뚱뚱했기에, 형도 비슷하게 뚱뚱할 거라

예상했다.

하지만 집무실에서 마주한 서순풍은 전혀 뚱뚱하지 않았다.

오히려 호리호리한 편이었다.

그리고 형제가 다른 점은 이게 다가 아니었다.

서진풍은 매사에 차분했다.

답답하리만치 느긋한 편이었고, 맹호표국의 국주인 자신에게 부탁을 하러 찾아온 입장임에도 불구하고 당당했다.

하지만 서순풍은 초조한 기색을 감추지 못 하고 있었다.

그리고 자신의 눈도 제대로 마주치지 못 하고 시선을 피했다.

'서 소협의 말이 괜히 한 말이 아니었구나!'

하나를 보면 열을 아는 법!

방천호는 형인 서순풍이 동생인 서진풍에 비해 훨씬 모자라다는 것을 단숨에 알아챌 수 있었다.

표두로 받아들이기에는 모자란 인재!

아니, 표사로 채용하는 것도 성에 차지 않았다.

하지만 방천호는 만면에 웃음을 지었다.

그리고 서진풍과 미리 약조한 대로 행하기 시작했다.

"내 자네에 대한 소문은 익히 들었네."

"정말이십니까?"

"물론이네. 용흥표국에서 표사로 일했다지?"

"그렇습니다."

"허 국주가 사람 보는 눈이 없구만. 이렇게 뛰어난 인재를 제대로 알아보지 못하고 표사로 쓰다니."

"과찬이십니다."

"아닐세. 다른 건 몰라도 내가 사람 보는 눈은 있다네. 그래서 말인데…… 우리 표국에서 표두로 일해 보지 않겠나?"

"표두요?"

"그래, 표두!"

스스로에게 자신이 없어서일까?

서순풍은 선뜻 대답하지 못 하고 의심스런 시선을 던졌다.

그리고 결국 참지 못 해 조심스럽게 질문을 꺼냈다.

"대체 왜 저를 표두로 채용하시려는 겁니까?"

"아까 말했지 않나? 자네가 뛰어난 인재이기 때문일세."

"진짜 이유는 따로 있는 것 아닙니까?"

"진짜 이유라니?"

"혹시 사기 아닙니까?"

방천호가 결국 쓴웃음을 지은 체 서진풍을 바라보았다.

형은 고생을 많이 한 터라 의심이 무척 많은 사람이니 연기를 잘해야 한다는 서진풍의 말이 비로소 이해가 갔다.

"안심해도 되네."

"정말 안심해도 됩니까?"

"자네가 정 그리 의심을 하니 솔직히 이야기하겠네. 오래

전에 자네의 부친에게 도움을 받은 적이 있네. 그런데 지금 부친께서 어려운 상황에 처했다는 소식을 들었네. 그래서 은혜를 갚기 위해서 자네와 진풍이를 우리 표국에서 일하게 하려는 걸세."

"아!"

"이제 의심이 모두 풀렸는가?"

"감사합니다!"

비로소 환하게 웃는 서순풍을 바라보던 방천호가 다시 쓰게 웃었다.

호박이 넝쿨째 굴러 들어온 줄 알았는데.

하나는 깨지고 상한 호박이었다.

'세상 이치가 다 그런 법이지!'

하나를 얻으면 하나를 잃는 것이 세상의 이치!

욕심을 버린 방천호가 환하게 웃으며 말했다.

"형제가 힘을 합쳐 우리 맹호표국을 위해 열심히 일해 주게."

벽검장은 잔치 준비가 한창이었다.

오랜만에 돌아온 방에서 휴식을 취하고 있던 추상화가 만면에 웃음을 지은 채 방 안으로 들어서는 어머니 조소영을 바라보며 만족스레 웃었다.

완벽한 귀환!

자신이 오랫동안 꿈꿔 왔던 모습 그대로였다.

하지만 어머니는 아직 만족한 기색이 아니었다.

"아들!"

"왜 그러세요?"

"혹시 서진풍을 기억하니?"

"서진풍?"

"백화장주의 둘째 아들이야. 십 년 전에 열렸던 무림맹 영재 발굴 대회의 청해성 예선에서 우승을 했던 녀석이기도 한데."

"아, 기억나요."

솔직히 말하면 조소영의 부연 설명도 필요 없었다.

추상화는 단 한 번도 서진풍이라는 이름을 잊어 본 적이 없었다.

서진풍은 생애 처음으로 패배감과 열등감을 심어 준 녀석이었기 때문이었다.

"그놈은 어떻게 지내요?"

"얼마 전에 돌아왔더구나."

"그래요?"

호기심이 치밀었다.

그래서 추상화가 재빨리 물었다.

"지금은 뭘 하는데요?"

"표국에서 쟁자수로 일한다고 하더구나."

"쟁자수요?"

"그래."

"한심하긴!"

추상화가 한쪽 입꼬리를 말아 올렸다.

어릴 적에 지독한 패배감과 상실감을 안겨 주었던 서진풍이 고작 쟁자수나 하고 있다는 사실이 짜릿한 쾌감을 선사해 주고 있었다.

"아들!"

"네, 어머니!"

"백화장의 안주인을 기억하니?"

"기억해요."

"그 여편네 때문에 이 에미가 당시에 얼마나 모욕감을 느꼈는지 몰라. 그게 늘 응어리가 돼서 가슴에 남았었단다."

"이제 훌훌 털어 버리세요."

"그게 말처럼 쉽지가 않구나."

"......?"

"그래서 에미가 그 녀석을 초대했다!"

화사하게 웃고 있는 어머니를 바라보던 추상화의 입가에 머물러 있던 웃음도 짙어졌다.

어머니의 속셈이 뭔지 짐작이 갔다.

이번 기회를 빌려서 확실하게 가슴속의 응어리를 풀 생각이리라.

딱히 반대할 이유가 없었다.

아니, 오히려 이런 무대가 마련된 것이 반가웠다.

"잘하셨어요."

"그렇지?"

"벌써부터 기대가 되네요."

추상화가 주먹을 쥐었다가 펴기를 반복하며 환하게 웃었다.

〈『귀환당룡』 제2권에서 계속〉

도서출판 뿔미디어 홈페이지 OPEN!!

안녕하세요.
지금껏 저희 뿔미디어를 응원해 주신
독자님들의 성원에 힘입어
이번에 새롭게 홈페이지를 오픈하였습니다.

저희 뿔미디어는 홈페이지에서 독자님들께서
보다 빠른 출간 소식과 미리보기 등
알찬 내용을 제공하기 위해 많은 노력을 기울였습니다.
또한 독자님들에게 도서 할인, 이벤트 등
다양한 혜택을 제공하고자 합니다.

저희 뿔미디어 홈페이지 오픈을 계기로
한층 더 독자님들과 가까워질 수 있는 기회가 되었으면 합니다.

보다 많은 관심과 사랑 부탁드리며,
앞으로도 더 좋은 컨텐츠 제공에 힘쓰도록 하겠습니다.

감사합니다.

-도서출판 뿔미디어 올림-

 www.bbulmedia.com